HEINER MÜLLER
MAUSER
ROTBUCH 184

Heiner Müller
Texte 6

Heiner Müller
Mauser

Rotbuch Verlag
Berlin

14.-15. Tausend 1991

ISBN 3 88022 184 7

INHALT

PHILOKTET

PROLOG

Darsteller des Philoktet, in Clownmaske.

Damen und Herren, aus der heutigen Zeit
Führt unser Spiel in die Vergangenheit
Als noch der Mensch des Menschen Todfeind war
Das Schlachten gewöhnlich, das Leben eine Gefahr.
Und daß wirs gleich gestehn: es ist fatal
Was wir hier zeigen, hat keine Moral
Fürs Leben können Sie bei uns nichts lernen.
Wer passen will, der kann sich jetzt entfernen.

Saaltüren fliegen auf.

Sie sind gewarnt.

Saaltüren zu. Der Clown demaskiert sich: sein Kopf ist ein Totenkopf.

Sie haben nichts zu lachen
Bei dem, was wir jetzt miteinander machen.

Küste.
Odysseus. Neoptolemos.

ODYSSEUS

Das ist der Platz, Lemnos. Hier, Sohn Achills
Hab ich den Mann aus Melos ausgesetzt
Den Philoktet, in unserm Dienst verwundet
Uns nicht mehr dienlich seit dem, Eiter drang
Aus seiner Wunde stinkend, sein Gebrüll
Kürzte den Schlaf und gellte mißlich in
Das vorgeschriebne Schweigen bei den Opfern.
Der Berg ist sein Quartier, sein Grab nicht, hoff ich
Ein Loch, vom Wasser in den Fels gewaschen
In langer Arbeit, als der Fisch bewohnte
Was wir mit trockner Sohle jetzt begehn.
Ein Quell davor. Wenn zehn Jahr einen Quell nicht
Austrocknen. Such mir seine Wohnung. Dann
Hör meinen Plan und was dabei dir zufällt.

NEOPTOLEMOS

Dein Auftrag führt nicht weit.

ODYSSEUS

Leer?

NEOPTOLEMOS

Eine Laubstreu.
Aus rohem Holz ein Trinknapf. Feuersteine.
Lumpen, zum Trocknen an den Wind gehängt
Mit schwarzem Blut.

ODYSSEUS

Die Wunde immer noch.
Er kann nicht weit gehn mit dem alten Schaden
Sucht Nahrung oder Grünzeug das den Schmerz dämpft.
Sorg daß er uns nicht anfällt, lieber ja
Als irgend einem gibt er mir den Tod.

NEOPTOLEMOS

Mit Grund. Du warst das Eisen das ihn abschnitt.

OLDYSSEUS

Sei du das Netz, mit dem ich ihn zurückfang.

NEOPTOLEMOS

Dein Wort hat weite Maschen. Was verlangst du?

ODYSSEUS
Daß du in unsrer Sache dich nicht schonst.
NEOPTOLEMOS
Das Leben zu behalten leb ich nicht.
ODYSSEUS
Noch andres das dir mehr sein mag als Leben.
Schwatz ihm den Bogen aus der Hand, mit Pfeilen
Schickt er mein Wort zurück in meinen Mund
Du hattest keine Hand in seinem Unglück
Nicht dein Gesicht auf unsern Schiffen sah er
Leicht mit gespaltner Zunge fängst du ihn
Leicht schleppen wir aufs Schiff den Waffenlosen.
NEOPTOLEMOS
Zum Helfer bin ich hier, zum Lügner nicht.
ODYSSEUS
Doch braucht es einen Helfer hier der lügt.
NEOPTOLEMOS
Vielleicht kann Wahrheit mehr.
ODYSSEUS
Bei dem nicht unsre.
NEOPTOLEMOS
Was kann er gegen zwei auf einem Fuß?
ODYSSEUS
Solang er seinen Bogen hat, zu viel.
NEOPTOLEMOS
Laß uns mit Pfeilen kreuzen seinen Pfeil.
ODYSSEUS
Wer folgt dem toten Feldherrn in die Schlacht?
NEOPTOLEMOS
Der Pfeil auf unsrer Sehne hält vielleicht
Im Köcher seinen Pfeil.
ODYSSEUS
Mehr als sein Leben
Gilt unser Tod ihm, und kein Leben ist
Auf Lemnos, das der Krieg nicht braucht vor Troja.
ODYSSEUS *nimmt den Speer auf.*
Sei wo du willst kühn, klug brauch ich dich hier
Und wenig nütz ist mir des Toten Schläue.

Lern das von mir, eh dich sein Pfeil belehrt.
Dein letzter Gang wärs, Narr, ließ ich dich gehn.

NEOPTOLEMOS

Laß mir den Gang, so laß ich dir die Furcht.

ODYSSEUS

Wenn du noch einen Schritt gehst, nagl ich dich
Mit deinem eignen Speer an diese Insel.
Und Herakles erscheint dir nicht wie dem
Den der beraubte Gott an sein Gebirg schlug
Zu dauernder Gesellschaft seinen Vögeln
Nicht von der Art die nachwächst ist dein Fleisch
Dich werden ganz vom Stein die Geier pflücken.

NEOPTOLEMOS

Viel hohen Mut dem Waffenlosen zeigst du.

ODYSSEUS

Ich zeig dir, was der Waffenlose kann.

NEOPTOLEMOS

Mit meinem Speer. Und nicht zum erstenmal
Seh ich in deinen Händen meins, geschickt
Zum Diebstahl, und an mir besonders, sind die
Mit Recht nicht trägst du, was mein Vater trug
Als er noch Hände hatte, sie zu brauchen
Das viel beschriene Erz, die narbige Stierhaut.
Gib mir von meinen Speeren einen wieder
Ich zeig dir, was ich kann mit einem Speer.

ODYSSEUS

Zeig mirs zu andrer Zeit am andern Ort.
Auch hab ich deinen Speer schon rot gesehn
Und zweifle nicht an deiner Kunst im Schlachten.
Ich brauch dich lebend und noch brauchst du mich so.
Mit tausend Speeren ist mein Speer begabt
Vom Zufall der Geburt, mit tausend deiner
Und tausend Speere sind mit dem behalten
Oder verloren, wenn du mir versagst.
Das wars warum ich dich nach Troja schleppte
Von Skyros weg, eh du das Leben schmecktest
Nach deines Vaters uns zu zeitigem Tod
Als seine Mannschaft weigerte die Schlacht

Auf seinem Hügel saufend seinen Wein
Und seine Weiber teilend, lang entbehrt
Das eine wie das andre überm Schlachten
Für seinen Ruhm und Mehrung seiner Beute.
Wer hat ihm Hektor auf den Speer gesteckt?
Wir brauchten dich, sie in die Schlacht zu haun
Wie wir den brauchen jetzt für seine Mannschaft
Nicht deinen Arm, zum Schlachten ungeschickt
Nicht seinen Arm, allein uns wenig brauchbar
Denn williger geht der Mann in seinem Blut
Unter dem Fuß der kommt im heimischen Leder.
Dein Erbe trag ich nicht zu meinem Ruhm
Sondern im Kampf um deines Vaters Leichnam
Sterbend für Totes, ging das meiste Blut
Aus meiner Mannschaft, und die Narben brannten.
Und brennen nicht mehr, seit sie mich behängt sehn
Mit deinem Erz zum Lohn für ihre Wunden.
Setz ich den Fuß aufs Festland ohne den
Kehrt seine Mannschaft unserm Krieg den Rücken
Der Troer wäscht sich weiß mit unserm Blut
Mästet mit unserm Fleisch die heimischen Geier.
Zum Dieb und Lügner bist du schlecht begabt
Ich weiß es. Süß aber, Sohn Achills, ist der Sieg.
Drum einen Tag lang, länger brauchts nicht, schwärz
Die Zunge, dann in Tugend wie du willst
Solang sie dauert, leb du deine Zeit.
Ins Schwarze gehn wir alle, weigerst dus.

NEOPTOLEMOS
Aus faulem Grund wächst wohl ein Gutes nicht.

ODYSSEUS
Eins ist der Grund, ein andres ist der Baum.

NEOPTOLEMOS
Den Baum nach seiner Wurzel fragt der Sturm.

ODYSSEUS
Den Wald nicht fragt er.

NEOPTOLEMOS
Den das Feuer frißt.

ODYSSEUS
Oder, den Grund umgrabend ganz, die Flut.

Am dritten stirbt das andre, was kommt geht
Und weitres reden wir auf Trojas Trümmern.

NEOPTOLEMOS
Hätt ich kein Ohr für dich und keine Sprache.
Sag mir die Lügen, die ich sagen muß.

ODYSSEUS
Dein Speer. In allem brauchst du nicht zu lügen.
Sei der du bist, Achills Sohn, ersten Schwerts
Vor Troja, bis in sein zu kühnes Fleisch
Der Weiberdieb den Pfeil gepflanzt hat, Paris.
Dann lüg: heim fährst du, deine Segel füllt
Haß gegen uns, Haß gegen mich besonders.
Wir riefen dich nach Troja in den Ruhm
Als deines Vaters Asche noch nicht kalt war
Weil die vieljährige Belagrung stockte
Durch die zu tiefe Trauer seiner Truppen
Du kamst und in die Schande wars, dein Erbe
Achills, des laut Beweinten, Schild, Schwert, Speer
Weigerten wir deinem gerechten Anspruch.
Ich wars, der dich beschwatzte, Falsches redend
Ich bins, der dir die Waffen stahl, das Erbe.

NEOPTOLEMOS
Schweig, wenn du Troja wiedersehn willst, davon.

ODYSSEUS
Ritz deinen Arm, wenn dich der Blutdurst plagt
Den du aus deiner Mutter Brüsten trankst
Sonst schlag ich dich zurück in unser Bündnis
Narr, mit dem Holz von deines Vaters Speer.

NEOPTOLEMOS
Mein Haß gehört dem Feind, so wills die Pflicht
Bis Troja aufhört. Für mein Recht dann tauch ich
In andres Blut den Speer. Kürz deine Zeit nicht
Mit Worten die mich rot sehn machen vorher.

ODYSSEUS
Spar deine Galle jetzt für deinen Auftrag.
Häuf Schlamm nach deiner Lust auf meinen Namen
Mich kränkt nicht, was dir hilft in unsrer Sache
Das Auge trübst du ihm für deinen Anschlag

Arglos den tödlichen, den Bogen, gibt er
In deine Hand, wenn du ihn glauben machst
Die wär so lüstern auf mein Blut wie seine
Und weil du nicht zu lügen brauchst in dem
Wählt ich zum Helfer dich für meinen Plan
Denn glaublich wirst du lügen mit der Wahrheit
Und mit dem Feind geht mir der Feind ins Netz.
Wenn Scham dich rot färbt, wird er glauben, Wut ists
Sie ists vielleicht und selber weißt du nicht
Was schneller in die Schläfe treibt dein Blut
Scham, weil du lügst oder Wut, weil du nicht lügst
Und glaublicher wird deine Wahrheit ihm
Je dunkler dir die Lüge das Gesicht schminkt.

NEOPTOLEMOS

Sei du dein eigner Helfer in der Sache.

ODYSSEUS

In diesem Handel bist du nicht der erste
Der was er nicht will tut. Wir tatens vor dir.
Dein Vater, der in Weiberkleider kroch
Ich wars der ihm die auszog mit der Maske
Des Kaufmanns, handelnd Web- und Mordgerät.
Ausstellt ich beides vor den Weibern im
Palast, von denen eins ein Mann war, er
Dem Blick nicht kenntlich, und so war er kenntlich
An seiner Furcht vor Werkzeug, Lust auf Waffen.
Mich selber vorher fingen so die Fürsten
In ihren Krieg: als ich den Narren spielte
Salz streuend in die Furchen, hinterm Pflug
Im Joch die Ochsen meine Feldherrn nannte
Und die bekannten nicht zu kennen vorgab
Rissen sie von den Brüsten meines Weibs
Den Sohn und warfen den mir vor den Pflug
Kaum hielt ich das Gespann, zweimal vier Hufe
Das schwer zu haltende, einmal bewegt
Eh mir das teure Blut den Boden düngte
Den ich mit Salz verdarb, mich zu behalten.
So war ich überführt heilen Verstandes
Und hatte keinen Weg mehr aus der Pflicht.

So viel davon. Wie willst dus? Auf den Knien?
Kniet.

NEOPTOLEMOS

Wär ich ein Troer, süß wär meine Pflicht.
Gewohnt den Staub zu küssen ist dein Knie
Mein Vater sah dich so und sah die Feldherrn
Mit so verkürzten Beinen vor ihm stehn
Als euern Krieg sein langer Zorn aufhielt
Weil ihr nach seiner ersten Schlacht euch schmücktet
Mit seinem Sieg und kürztet seinen Ruhm.

ODYSSEUS

Mehr kränkte ihn, daß wir die Beute teilten
Und klüger war dein Vater als sein Sohn
Er wußte gut, daß wir, den Blick im Staub
Die Steine zählten, unsern Tod für ihn
Wenn er dem Zorn sich ließ, sein Erz dem Tau.
Dein Leben ists, um das ich auf den Knien geh.
Steht auf.
Dein Fisch kommt, Netz. Ungleich sein Schritt
noch immer.
Sieh nicht auf mich. Mit mir gesehn stirbst du
Eh du den Durst gestillt hast auf mein Blut.

NEOPTOLEMOS

Mehr einem Tier als einem Menschen gleicht er
Schwarz eine Wolke über ihm von Geiern.

ODYSSEUS

Solang der sein ist, fürchte seinen Bogen.
Bis er uns folgt, in Stricken oder frei
Nach Troja, wo Asklepios ihm den Fuß heilt
Damit er uns hilft von der größern Wunde
Aus der zu lang schon zweier Völker Blut geht
Der Stinkende uns vom Gestank der Schlacht
Fürchte sein Elend mehr als seinen Bogen.
Nur blind für seine Wunde heilst du die
Nur taub für seinen Jammer stillst du den.
Allein in deiner Hand liegt jetzt das ganze
Denn was ich dabei kann ist beten um
Ein wenig Schläue mehr für dich zum schlauen

Hermes, Athene auch helf dir zum Sieg
Die Göttin, die der Gott sich aus dem Kopf schnitt.
Ab. Auftritt Philoktet.

PHILOKTET
Ein Lebendes auf meinem toten Strand.
Ein Ding, das aufrecht geht wie vordem ich
Auf anderm Boden mit zwei heilen Beinen.
Wer bist du, Zweibein? Mensch, Tier oder Grieche?
Und wenn du der bist, hörst du auf zu sein.
Neoptolemos läuft weg.
Und hättst du tausend Beine für die Flucht
Mein Pfeil läuft schneller.
Neoptolemos bleibt stehn.
Wirf dein Eisen weg.
Neoptolemos tut es.
Mit welcher Sprache, Hund, lerntest du lügen
Mensch, welche Hündin warf dich in die Welt
Welch guter oder schlimmer Wind dein Schiff
Auf meinen Steinstrand, den die Schiffe meiden
Seit ich das Meer nach nahenden Schiffen abweid
Mit ältern Augen immer ohne Glück
Auf meinem Fels allein mit meinen Geiern
Beschwingter Wolke zwischen Aug und Himmel
Geduldig wartend mein vergehndes Fleisch
Oder nach einem Rest von einem Schiff
Mich Schwimmenden zu halten aus dem Bauch
Der Fische oder einen Rest von mir.
Das Kleid des Griechen trägst du, das ich trug.
Im Kleid des Griechen mag ein Grieche stehn.
Oder erschlugst du einen Griechen, Freund?
Denn Freund nenn ich dich, wenn von deiner Hand
Ein Grieche starb und frag nach deinem Grund nicht
Er war ein Grieche, keinen Grund brauchts weiter.
Wenn du mich selber zu den Schatten schickst
Ich bin ein Grieche, weiter keinen Grund brauchts.
Und selber bin ichs, der den Tod austeilt
Wenn du bist was dein Kleid anzeigt, ein Grieche
Denn Griechen warfen auf den Stein im Salz

Mich so Verwundeten in ihrem Dienst
Und nicht mehr Dienlichen mit solcher Wunde
Und Griechen sahns und rührten keine Hand.
Das blieb vom Kleid im Wetter der Verbannung
Mit Augen siehst du was vom Griechen blieb
Ein Leichnam, der sich nährt von seinem Grab.
Mein Grab hat Raum für mehr als meinen Leichnam.
Eh ich an deinem letzten Laut dich kenn
Gefragt von meinem Pfeil, bist du ein Grieche?
Dein Schweigen sagt, du bists und spannt den Bogen.
So stirb und nähr die Geier, meine Nahrung
Ein Vorgeschmack den Schnäbeln auf mein Fleisch.

NEOPTOLEMOS

Mit rauher Zunge redest du den Gast an
Zu rauher Mahlzeit mit gespanntem Bogen
Den Hungrigen nach langer Meerfahrt lädst du
Ein kurzes Gastbett ist der Bauch der Geier.
Wußt ich, daß man mit Pfeilen hier den Gast
Bewirtet und mit seinem Fleisch die Vögel
Ich kehrte ungesehn von solchem Wirt
Den Bug aufs Salzmeer, gastlicher als du
Ließ deine Insel dir, dich deiner Insel.

PHILOKTET

Laut, der mir lieb war. Sprache, lang entbehrt.
Mit der das erste Wort aus meinem Mund ging
Mit der ich antrieb meine tausend Rudrer
Die tausend Speere lenkte in der Schlacht.
So lang gehaßt auch wie entbehrt. Und länger.
Lang hört ich die aus meinem Mund allein
Wenn Schmerz mir aus den Zähnen grub den Schrei.
Fühllos die Felsen gaben ihn zurück
Mit meiner Stimme vielfach an mein Ohr.
Mein Ohr hat Lust auf eine andre Stimme.
So lebe, weil du eine Stimme hast.
Red, Grieche. Red von mir das Schlimmste, red
Von meinen Feinden Gutes. Was du willst.
Lüg, Grieche. Allzu lang hört ich nicht lügen.
Wo liegt dein Schiff? Woher die Fahrt? Wohin?

Mit welchem Auftrag? Hast du einen Auftrag?
Weißt du, was vor dir steht, sich selber fremd
Auf einem Fuß, ganz faules Fleisch der andre?
Ich sah dich unter meinen Feinden nicht
Auch trägst du bartlos deine Waffen wohl
Noch nicht so lang wie ich den schwarzen Fuß trag
Doch weiß ich, ihre Zungen sind geschickt
Den Schatten meines Schattens noch zu schwärzen
Bei Ungebornen und bei Toten auch.
Sag, welche Lügen trugen sie dir auf
Zu welcher Untat leihst du deine Hand
Wird meinen Mördern meine Zeit zu lang
Gehst du als Bluthund auf der roten Spur
Ganz abzutun das viel geschundne Wild
Eh es die Gurgel aufreißt seinen Hunden?
Ich will dir Atem lassen für die Wahrheit.
Drei Worte länger sei dein Leben. Sag sie.

NEOPTOLEMOS

Fremd bist du mir, dein Unglück unbekannt.
Schuldlos den Geiern gäb mich dein Geschoß.

PHILOKTET

Schweig, Grieche, eh ich dir die Stimme ausreiß.
Kann sein, du weißt nicht, wo der Sturm dich antrieb.
Die Insel kennend kennst du mich wohl auch.
Mit einem Atem nennt man unsre Namen
Und jeder Stein hat Atem auszuschrein die
Ganz ihr Beherrscher bin ich und ihr Knecht
An sie gekettet mit der unzerreißbarn
Kette der Salzflut, die uns blau umringt
Mich, Philoktet, und Lemnos, meine Insel.

NEOPTOLEMOS

Von Lemnos hört ich reden, nie von dir.
Und lügen ist auf Skyros nicht der Brauch.

PHILOKTET

Doch hat ein Herdendieb vielleicht und Lügner
Aus Ithaka, der deines Vater Vieh stahl
Auf gastlichem Bett bewirtend deine Mutter
Mit seinem Samen seinen Raub gezahlt

Und aus der Saat des Lügners wuchs ein Lügner
Auf Skyros auch: du. Laß die Hand vom Speer.
Sei der du bist, ein Lügner, Mörder, Dieb
Du hast ein Schiff, mehr brauch ich nicht von dir
Und einen Platz auf deiner Ruderbank
Oder darunter. Hast du noch ein Schiff?
Nimm mir das Ausland von den Füßen, Grieche
Den Schatten meiner Geier aus den Augen.
Oder hat mir der Sturm dein Schiff zerbrochen
Und mit dir teilen soll ich meine Vögel
Und aufgebraucht ist uns die Mahlzeit vom
Zweifachen Hunger, eh das Grab gebraucht wird
Und grablos faulen wir in gleicher Sonne.

NEOPTOLEMOS

Achills Sohn bin ich, Neoptolemos.
Im Auftrag eigner sehr gekränkter Ehre
Nach Skyros heim, Troja im Rücken, fahr ich.
Für meinen Feind spar deinen Pfeil, dein Feind ists
Aus Ithaka, wo man die Hunde krönt.

PHILOKTET

Willkommen in der Narrheit, Sohn Achills.
Hast du den Griechen einen Dienst getan?
Sie sind gerecht, sie straften dich dafür.
So sehr ein Narr kann nur ein Grieche sein
Daß er für einen Griechen eine Hand krümmt.
Red mir von anderm, sag mir meine Zeit
Wie lang der Krieg um Priams Stadt war, wen
Der Schuttplatz deckt von Lieben und Gehaßten.
Denn mit der ersten Flotte fuhr ich aus
Und wurde vor der ersten Schlacht besiegt
Wo mir kein Baum die Jahre zählen half
Die Sonne nur den immer gleichen Kreis geht
Der Mond im immer gleichen Wechsel seinen
Unter dem Gang der ferneren Gestirne
Dem Auge unverrückt, auf schwarzer Bahn.
Nach tausend Malen war ich müd zu zählen
Den Auf- und Niedergang. Sag mir, wie lang
War ich in meinem Krieg mein eigner Feind.

Der ging mich an mit schrecklicheren Waffen
Als Trojas eisenstarrende Mannschaft euch.
Und nicht der Schmerz war mir die schrecklichste
Mit dem der kranke Fuß mich in den Staub trat.
Mein Schrecken war: mein Feind hat kein Gesicht.
Könnt ich mir selber in die Augen sehn
Den Wind mit Pfeilen an die Sonne nageln
Der mir das Meer mit Wellen fleckt, den Spiegel.
Im Aug der Geier säh ich mich vielleicht
Doch bringt mir nur der Pfeil die nah genug
Der blind macht ihren Blick zugleich für meinen.
Nicht vor dem Sterben säh ich mein Gesicht
Und länger nicht als einen Augenblick lang.
Gern für den Augenblick wär ich gestorben
Gern, lang zu sehen mich, den langen Tod.
Der letzte war ich dann, der mich gesehn hat
Eh ich verschwand im Hunger meiner Gäste.
Was bleibt, Gebein von nicht besondrer Artung
Wird leichter in verschiedenen Wettern, Staub.
Den, leicht genug, streut Wind umher und nichts bleibt.
Du hast zwei Augen, zeig mir mein Gesicht.
Du nimmst mir mein Gesicht mit deinen Augen.
Nimm deine Augen weg, sie lügen, Grieche.
Nimm deine Augen weg, eh ich mein Bild
Aus deinen Augen grab mit meinen Nägeln.
Oder lügt mein Blick und ich selber bin
Nur mein Gedächtnis noch an mich Vergangnen.
Du hältst den Atem an vor meiner Nähe.
So weiß ich das doch: mein Gestank ist wirklich.
Sag mir die Toten und sag mir die Zeit
Seit ich, im Fieber durch die Wunde, der
Mit schnell entferntem Rauschen uneinholbar
Schwindenden Flotte nachsah, ungesehn
Schon selber, mit schon ungehörtem Schrein
Das andre Rauschen schon im Ohr, den Gang
Der Doppelschwingen, der den Wind pflügt, mit
Unsehbarn Furchen das weglose Blau.
Beeil dich mit der Antwort nicht. Ob zehn

Ob hundert Jahr, kein Gott wälzt die zurück
Den Staub in Fleisch wandelt kein Tränenguß.
Auch ist mir keines irgend lieb genug.
Mein Aug hat Wasser nur für einen Leichnam
Ein Fleisch lebt mit drei Köpfen und sechs Zungen
Das ich ungern tot säh, vermindert ungern
Durch zufälliges Eisen, weil ich selber
Das tote nicht noch einmal töten kann
Nicht zweimal und nicht tausendmal und nicht
Sein Leben lang und nicht mein Leben lang.

NEOPTOLEMOS

Die Stadt ist unverheert, zehn Jahr der Krieg alt
Die Feldherrn leben, dir verhaßt und mir
Mein Feind und deiner, der Ithaker, lebt
Tot liegt Achill vom Pfeil des Paris, tot
Der seinen Leichnam aus der Schlacht trug, Ajax
Von eignen Händen der mit eignem Schwert.
Die Feldherrn hatten einen Preis gesetzt
Auf Bergung des Gefallnen: seine Rüstung
Schild, Schwert und Speer, mein Eigentum und Erbe
Mit Hoffnung, daß der Krieg um seinen Rest
Das lang versuchte Loch schlüg in die Mauer
Und so der Tote ihnen noch zum Sieg helf.
Die kreischende Versammlung über ihm
Der Witwen durch sein Schwert, am äußern Fuß
Der Mauer, Ziel für Stein und Speichel, lag der.
Ajax trug ihn, zahlte den Preis mit Wunden
Aber Odysseus, der Ithaker, pflückte
Mit heiler Hand die Frucht der fremden Wunde
Die Feldherrn ließen ihm, was ihrs nicht war
Und seins nicht, für die Brüste einer Sklavin.
Als der Betrogne den Betrug ausschrie
Die Hände, leer noch, und den roten Kaufpreis
Ausstellte vor den Zelten der Betrüger
War, was er in sein Zelt trug, Hohn, der Räuber
Mit schneller Zunge schwatzte um sein Recht ihn.
Ajax, zu löschen seine Wut, trank Wein
Und fiel die Herden an, vom Wein blind, nachts

Schlug, köpfte, schlachtete das Beutevieh
Im Wahn er schlachtete den und die Fürsten.
Am Morgen sah er sich mit ihren Augen
Geschminkt von Tierblut, in den Händen Tierfleisch
Und nicht gestillt sein Durst auf andres Blut.
Er ging ans Meer, allein mit rotem Schwert
Gelächter laut um ihn aus beiden Heeren
Ging, wusch sich in der fremden Brandung, wusch
Sein Schwert auch, pflanzt es mit dem Griff, den Helfer
Fest ein dem ausländischen Boden, ging
Die Küste tränkend mit dem eignen Blut
Den langen Weg über sein Schwert ins Schwarze.
All das geschah und mehr, zu wissen unwert
Als ich auf Skyros noch die Gäule umtrieb.
Dorthin, das Loch in ihrer Front zu fülln
Mit mir, schickten die Feldherrn den Ithaker.
Mit Bitten fing mich der und süßem Reden
Des toten Vaters Schild, Schwert, Speer, mein Erbe
Verbergend, seinen Raub, vor mir Beraubtem
Bis ich in seinem Netz war, heil vor Augen
Troja und randlos hinter mir die Flut
Und wissend, und die bauten drauf: wenn ich
Das Schwert nehm in der eignen Sache, eh
Den feindlichen Stein in Staub kehrt unser Schritt
Bleibt Troja stehn und schüttelt unsre Städte.
Mein Herz zu schienen war mir schwer genug
Die Front verlaß ich, weil ichs nicht mehr trag
Schulter bei Schulter in der Schlacht zu gehn
Mit ihm, der aus der toten Faust den Speer brach
Das Schwert vom Rücken, von der Brust den Schild riß
Dem Staub der mich gezeugt hat, als er Fleisch war
Und hoff wie du, daß mir der Feind den Feind läßt.

PHILOKTET

Dein Haß gilt meinem Feind, mein Haß gilt deinem
Und was uns beiden lieb war, deckt der Staub.
Laß uns zur Küste gehn, du hast ein Schiff.
Bring mich nach Melos. Laß uns warten, du
Auf deinem Strand, auf meinem ich, das Meer

Befragend mit erfrischten Augen täglich
Nach unserm Feind. Glatt sei die Flut ihm, glücklich
Die Fahrt in unsre doppelte Umarmung.
Brüllt.
Du hast ein Schwert, hau mir den Fuß ab, Kind.
Mein Schmerz kommt wieder, der großkrallige Vogel
Zieht seine Kreise wieder durch mein Fleisch
Mein kurzschlafender Gast steht auf, den Wirt
Zu unterhalten mit dem eignen Schrei.
Hau mir den Fuß ab, Mensch, du hast ein Schwert.
Wer hat den Stein in deine Brust gegeben.
Gib mir dein Schwert, solang der Fuß mir eine
Hand läßt mit einem Schwert ihn abzuhaun.
NEOPTOLEMOS
Auf meine Schulter stütz dich, gib den Bogen
Mir, bis der faule Fuß dich wieder trägt.
Die Pfeile auch, daß die dich nicht verwunden
Wenn dich dein Schmerz gegen dich selber krümmt.
PHILOKTET
Laß deine Hand von meinem Bogen, Grieche.
Bis mich der Fuß trägt wieder, red von Melos
Unter den Inseln schön wie keine mir.
Wie lang hab ich das Grüne nicht gesehn
Aus dem wir unsre schwarzen Schiffe schnitten.
Wie lang verflucht ich den, der damit anfing
Und ging den ersten Schritt, beschuht mit Schiffen
Erfinder meines Auslands, Heimweg jetzt
Er soll gepriesen sein dafür, und länger.
Wie lang war ich mir selber Mann und Weib
Uneins mit dem Geschlecht, der andern Wunde
Und aus der Fessel meines Leibs kein Ausgang
Wenn sich die Vögel paarten auf dem Schaum
Des Salzmeers, das mit immer andrer Welle
Den roten Stein umarmt, mein rauhes Bett.
Bring mich nach Melos, hilf den Fuß mir tragen
Der mich nicht tragen will den liebsten Weg.
Leih deine Hand mir auch für meinen Bogen
Bis meiner Hand das Feste wieder fest wird.

Der meinem Hunger Flügel lieh, schneller
Als Flügel und zur Weide meinen Zähnen
Den Himmel gab, die Wolken meinem Griff.
Ich gab ihn keinem aus der Hand vor dir
Seit Herakles in meine Hand ihn legte
Lohn für den letzten Dienst, vom Sohn verweigert
Dem Brennenden im Nesselhemd der Frau:
In sein gehäuftes Holz die Fackel stieß ich
Nahm, was er nicht mehr gern sah, Erd und Himmel
Weib, Kinder und das eigne glühnde Fleisch
Ihm aus den Augen mit randloser Flamme.
Grad gut genug mein Sterben zu verlängern
Bis du mich aufhobst aus vieljährigem Tod
Ins Leben, das den Tod nicht kennt vorm Ende.

NEOPTOLEMOS *nimmt den Bogen.*
O hätt ich Lemnos nicht gesehn, nicht Troja.
O wär ich keinen Schritt gegangen auf
Dem Weg, der mit mir selber mich entzweit
Wie Eisen und mit schrecklicherem Riß
Als Eisen und von keiner Zeit geheilt.
Nicht lang wird dir mein Weg der liebste sein.

PHILOKTET
Mit vielen Worten sagst du mir ein Wort.
Zum zweitenmal den Geiern geben willst du
Mich, weil dir graut vor dem Gestank der Wunde
Der mich den Geiern gab zum erstenmal.
Gib meinen Bogen aus der Hand und geh.
Spar deinem Schiff die unbequeme Fracht
Den Mißlaut meiner Schmerzen deinem Ohr.
Ich will vergessen, daß ich dich gesehn hab.
Der Schatten eines Schattens ging vorbei
Ein Luftbild, von der Sonne ausgebrütet
In mittäglicher Unzucht auf dem Stein
Oder die Brandung redete zu mir
Mit Menschenstimme, oder es erbrach
Ein Geier, der vor Troja einen Griechen
Fraß, seine Stimme, und die schwatzte noch.
Den Bogen, Stimme, eh die Zeit dich einholt.

Zehn Jahr entfernt von euch in eurer Schule
Hab ich gelernt. Die Lehre war zu kurz
Laß mich allein mit meinen Geiern wieder.

NEOPTOLEMOS

Nicht länger mag ich lügen. Hör die Wahrheit.
Nicht ohne deine Mannschaft fällt die Stadt uns
Troja, und nur dein Wort hält deine Mannschaft
In unserm Krieg, nach Troja dich zu holen
Aus langem Elend in den längern Ruhm
Hab ich das Meer gepflügt, ungern betrog ich
Den viel Betrognen, viel betrogen selber
Doch war kein andrer Weg, die Lüge Pflicht.
Die ganze Wahrheit hör jetzt, Mann auf Lemnos
Ungern wie ich sie auf der Zunge hielt:
Odyss wartet am Strand, dein Feind und meiner
Denn darin log ich nicht: fällt Troja stirbt der
Von meiner Hand, von unsrer, wenn du willst.
Dem Krieg und ihm zum schnellern Ausgang hilfst du
Uns folgend in die Schlacht, die deinen Arm braucht
Und deine Stimme, tausend Arme stark
Den kranken Fuß in Troja heilt Asklepios
Und komm, dein Bogen brennt in meiner Hand
Von deiner Schwäche allzu schlau erworben.

PHILOKTET

Ists Scham, was deine Backen rot macht, Sieger?
Du brauchst dich deiner Arbeit nicht zu schämen
Schlau war das Netz geknüpft, ich sah kein bessres
Und fleißig ging der Köder in der Pflicht.
Dein Lehrer im Betrug, Betrüger vorher
Dir auch, Berauber, der dich rauben lehrte
Mein-Feind-und-deiner wird mit Lob nicht karg sein.
Was willst du noch, mein Leben in der Hand
Das nährende Geschoß, dein Sieg ist völlig
Setz deinen Fuß auf meinen Nacken, Sieger
Lehr den Besiegten, was du lerntest vor ihm
Vor ihm besiegt, lehr mich die Süßigkeit
Der Unterwerfung schmecken, Unterworfner
Lehr meine Zunge seinen Speichel saufen

Lehr meinen Bauch die Erde messen vor ihm
Der mich, ein Heer im Rücken, untern Fuß nahm
Als meinen Nacken erdwärts bog das Fieber.
Feind meiner Feinde, lehr mich deine Freuden.
O Wonne des Getretnen. Noch ein Fußtritt.
O Lust ein Staub zu sein unter der Sohle
Die meinesgleichen in den Staub trat vor mir.
Hundherziger Lügner, kotmäuliger Hund
Gezeugt im Schweinepfuhl von einem Satyr
Der mit dem Eber um die Wette sprang
Geworfen auf dem Mist von einer Stallmagd
Wo ihn ein König auflas, der nach Wein stank
Erbrach sich über ihm und las ihn auf
Gekrönt mit Schweinekot, gesalbt mit Galle.
Nimm dein Gesicht aus meinen Augen, nimm
Aus meinen Ohren in dein Maul zurück
Die Lügen, die ich dir geglaubt hab, weil
Die Stimme süß aufstieg vom Lügenpfuhl.
Ins Meer spei deine Zunge, Fraß der lehrt
Die Fische lügen, deinen Atem nimm
Mir aus der Luft, daß der nicht stinkend macht
Meinen, erstick an deinem eignen Unrat.
O Meer. O Himmel. O blickloser Stein.
Mit eignem Fuß gekettet an den Boden
Durch eigne Narrheit waffenlos lieg ich
Auf heilen Beinen pfeilnah in der Sonne
Steht was ich gern unter der Sohle hätt
Geschickt, unter den Geiern vorzuziehn
Was er den Geiern ausgelegt hat vorher
In neuen Dienst den lang verworfnen Diener
Wartet, ob ihm sein Köder seinen Fisch bringt
Den stinkenden, der für die Geier gut war
Den Geiern sehr mißgönnt jetzt, weil gebraucht
Gegen die Geier, stinkend noch und schon
Besten Geruchs dem Fleisch, das noch im guten
Geruch steht, aber ohne ihn nicht lang mehr.
Kein Aas riecht wie das eigne Aas schlimm, das
Nicht mehr zu riechende mit eigner Nase.

Tu mir noch eine Liebe, Sohn Achills
Wenn du nicht darin auch logst, Niemands Sohn
Zu allem, was du Liebes mir getan hast.
Den Bogen nahmst du, nahmst die Pfeile, nimm
Für einen Pfeil zum Köcher meine Brust.
Borg mir von deiner Beute einen Teil
Von deinem Raub ein kleines dem Beraubten
Für eine Spanne, wie der Weg des Eisens
Von meiner Haut zu meinem Herzen lang
Dann aus der toten Brust nimm ihn zurück
Von dem verschwiegnen Zeugen deiner Schande
Und meld den Griechen, deinen Freunden, dem
Ithaker erst, der deinem Herzen nahsteht
Wie keiner, weil er dir dein Erbe wegnahm
Meld deinem Samen auch, wenn den der Krieg dir
Läßt und dein Frieden langt, ihn auszustreun
Daß Philoktet, der Narr aus Melos, starb
Narr wie kein Narr, er glaubte einem Griechen
Starb, Köcher seinem eignen Pfeil, der lief
Von seinem eignen Bogen, der gespannt war
Auf sein Wort von dem ersten Narren nach ihm
Auf Lemnos, wohin Narrheit ihn verschlug
Insel der Narrn und Geier, rotem Stein
Auf dem die Narren Geier fressen und
Gefressen werden von der eignen Mahlzeit.
Und nicht eingraben sollt ihr meinen Leib
In fremden Grund oder in heimischen
Daß nicht mein Staub begegne eurem Staub
Wenn mich der Fluß der Steine umtreibt unten.
Und nicht verbrennen sollt ihr mich und streun
In augenscheinlich Leeres meine Asche
Daß nicht die euerm aschnen Rest vermengt wird
Von zufälligem Wind. Und laßt mich nicht
Den Geiern liegen, zu viel Totes hat
In Geiern Platz. Und nicht den Fischen gebt mich
Kann sein, mein Fleisch wird euer Hafen auch
Und nicht dem gründlichen Salz zur Unterhaltung
Das unterhält sich mit euch auch vielleicht

In Bälde, euer Fleisch beredend mit
Langwierigem Gewäsch und eure Knochen
Bis ihr dem Salz gleicht und mir Salzgewordnem
Mit kleinem Vorsprung und solang das Salz
Sich selber gleich bleibt, bleiben wirs einander.
Zum Krater tragt mich, wo der Rauch steigt aus
Der Sonne, brennend unter unsern Füßen
Die ohne Aufgang ist und Niedergang
Und laßt mich falln durch eigenes Gewicht
Mit einem Fuß schneller als tausend Füße
Durch steigenden Rauch ins ungeteilte Feuer.
Mein letztes ist gesagt, gib mir den Pfeil.

NEOPTOLEMOS

Ich wollt, ein andrer Weg wär aus dem Krieg
Als unsrer Feinde Sieg über die Feinde
Ein andrer in den Ruhm für dich und mich
Als der, den ich im Netz der Schande geh
Zum Strand jetzt, den erlognen Sieg zu melden
Die Schläfen rot mit Scham und auszuliefern
Mit schwarzen Händen den erlognen Fang
Meinem und deinem Feind, mit dem zurück dann
Zu binden und aufs Schiff zu schleppen dich
Selber den Nacken in die Pflicht gespannt
Wenn du den Nacken steifst gegen die Pflicht
Und lieber deinen Pfeil in meiner Brust
Als in den Händen deinen Bogen trüg ich.
Ab mit dem Bogen.

PHILOKTET

Könnt ich mich umbaun selber zum Geschoß
Das tötet, und Gefühl hat für sein Tun.
Könnt ich die Insel wälzen auf ihn, zwar
Ersaufend mit dem Todfeind, aber schmeckend
Eh mich das Salz schmeckt, seinen Tod im Salz.
Der mich gebaut hat hat mich halb gebaut
Die vielwerfende Hand hat keine Kraft
Zu schleudern einen Pfeilschuß weit mich selber
Der Fuß, der Völker austritt in Gemeinschaft
Kann ohne Grund nicht gehn, was mich nicht braucht

Das Außen und das Eingeweid der Erde
Sehr brauch ich das und bin nicht ohne alles.
Hör, Mann auf Lemnos, Philoktet, mein Ohr
Ist voll mit deinem Jammer, stopf dein Maul
Genug geschrien, gewartet lang genug
Beug deinen Nacken wieder, Gaul, ins Joch
Und lern das Leben neu, vor Troja schlachtend.
Steht auf.
Du wirst gebraucht, du bist ein Netz wert wieder.
Renn, Fisch, um deinen Platz in seinen Maschen.
Und wenn die Pest erstickt an deinem Schritt
Die Nasen sind im Dienst, du stinkst nicht mehr.
Was hält dich, Fuß? Lieber ein andres Schiff?
Da ist kein andres und war keins zehn Jahr lang
Die Fessel hat kein Loch als in die Fessel
Und keinen Freund als deinen Feind hast du.
Schluck deinen Haß, die Nahrung, lang gekaut
Die dich erhielt im Wechsel mit den Geiern
Dank deinem Feind auf allen Knien: er gab sie
Und spar sie auf in Winkeln deines Leibs
Bis deine Rache ihren Hunger stillt.
Auf seinen Tod die Hoffnung war dein Leben
Wart länger und mit bessrer Hoffnung jetzt.
Mit tausend Pfeilen schütz vor anderm Sterben
Was deinem tausendersten Pfeil gehört.
Nichts andres, wenn ein andrer dein Fleisch war
Das stank und brüllte, hättest du getan.
Ich war die Wunde, ich das Fleisch, das schrie
Der Flotte nach und dem Gesang der Segel
Ich der die Geier fraß unter dem Reißzahn
Wohnend der Jahre. Ich und ich und ich.
Mit hohem Preis gekauft mein Haß gehört mir.
Der Fuß schnappt nach dem Weg, der ihm verspricht
Den andern Fuß heil zur Gesellschaft wieder
Das Bleigewicht der Schmerzen leiht ihm Flügel
Mächtig der Köder schleppt das faule Fleisch.
Geh, unter seiner Sohle ist noch Platz
Nimm deinen Platz ein unter seiner Sohle.

Leb für den nächsten Fußtritt. Süßes Leben
In der blutsaufenden Gemeinschaft wieder.
Der Faustschlag ist Berührung, Brot ihr Speichel.
Lauf, Einbein, in den Schlamm, der alles heilt
Die alte Wunde mit der neuen Kränkung
Den Stinkenden mit dem Gestank der Schlacht.
Geht.
Was für ein Schritt?
Odysseus, Neoptolemos.

ODYSSEUS

Du kennst ihn, Philoktet.

PHILOKTET

Wer nennt mich mit der unvergessnen Stimme?

ODYSSEUS

Der deine Stimme nicht vergessen hat
Seit er dich vor die Geier warf im Dienst.

PHILOKTET

Den so Verwundeten im gleichen Dienst.

ODYSSEUS

Den nicht mehr Dienlichen mit solcher Wunde.

PHILOKTET

Den Philoktet.

ODYSSEUS

Dich.

PHILOKTET

Bin ichs? Wer bist du?

ODYSSEUS

Odysseus, den du kennst. Spiel nicht den Blöden.

PHILOKTET

Odysseus war ein Lügner. Wenn du der bist
Und nennst mich Philoktet, bin ichs wohl nicht.

ODYSSEUS

Kann sein, Odysseus ist so sehr ein Lügner
Daß er sich glauben macht, er wär Odysseus
Und lügt in dem auch und ist nicht er selber
In Wahrheit, auch kein Lügner also und
Wenn er dich Philoktet nennt, bist du der.
Kein langes Reden mehr, steh auf und komm.

PHILOKTET *zu Neoptolemos:*
Gib mir den Bogen, Freund, und einen Pfeil.
ODYSSEUS
Gehst du in Freiheit nicht, gehst du gebunden
Den Weg, notwendig dir und uns.
Zu Neoptolemos:
Den Strick.
PHILOKTET
Den Bogen. Wasch den Fleck von deinem Namen
Mach ungetan, was du nicht gern getan hast.
Ein Lügner hat zum Lügner dich gemacht
Ein Dieb zum Dieb. Wasch ab die fremde Farbe
Gib mir den Bogen, dir den Namen wieder.
ODYSSEUS *zu Neoptolemos:*
Dem hilfst du nicht, tust du nach seinem Willen
Und jeder Augenblick, versäumt hier, tötet
In der entfernten Schlacht uns einen Mann.
PHILOKTET
So will ich säumen, bis der letzte Grieche
Auf Leichenbergen, griechischen, gehäuft
Auf was eine Stadt war, Troja mit Namen oder
Genannt mit anderm Namen, griechischem
Dem Sitz des Donners näher als dem Boden
Sein Schwert zerbrochen und sein Schild zerhaun
Sein Helm verbeult vom Umgang der Gestirne
Geschlachtet wird den letzten Troer schlachtend
Vom letzten Troer auf troischem Leichenberg
Und nur die Toten noch unter der Schlacht
Sich schlagen, faulend, um den Platz zum Faulen.
Der Augenblick ist billig, Preis ein Grieche.
Was ist ein Grieche? Teurer Augenblick.
Behalt den Bogen, bessre Waffe ist
Die Zeit mir. Keine Hand beweg ich und
Ein Grieche stirbt. Und wieder stirbt ein Grieche
Und keine Hand. Zeit, Mörderin, alterslose
Zehn Jahr lang deinen Gang verflucht ich, der
Mir keinen Schritt ausließ und beugte tiefer
Mit jedem Schritt mich auf den Stein, und nicht

Genug zu preisen jetzt dein Ablauf, der
Kein Loch hat für Lebendiges durchzugehn
Das Fleisch herauszuhalten keine Grenze.
Dein Gang ist mein Gang, dein Schritt ist mein Schritt
Über den Göttern dein und meine Wohnung.

ODYSSEUS

Den Strick.

NEOPTOLEMOS

Ungern den Bogen weigr ich dir
Ungern borg ich die Hand dem, dich zu binden
Doch ist kein andrer Weg, dich zu befrein.

PHILOKTET

Ins Leere greift ihr, wenn ihr weitergeht
Schnürt Luft in euren Strick und frei geh ich
Vom obern Stein dem untern zugeworfen
Durch eigenes Gewicht nach eignem Willen
Mit jedem Aufprall weniger brauchbar euch
Den Weg auf dem kein Lebender mich einholt.
Mit Nägeln dann vom Felsen klauben mögt ihr
Mein hundertmal gerissnes Fleisch, mit Stricken
In euer Segel schnüren mein Geripp
Gebrochen hundertmal und euern Herrn
Zu Füßen legen meine Fäulnis, brauchbar
Ihr Fleisch und eures eine Stunde länger
Zu halten aus dem Maul der troischen Hunde
Dort, hundgeworden, werd ich warten auf
Euch Hunde. Wenn in euer Fleisch den Zahn
Die troischen Hunde schlagen, werd ichs sein, der
In euer Fleisch den Zahn schlägt, Philoktet
Aus Melos, der auf Lemnos euch entging
Ins Maul der Hunde Vorläufer euch Hunden.

ODYSSEUS *zu Neptolemos:*

Nimm seinen Bogen wieder auf und komm.
Der wird ihn nicht mehr brauchen und uns nicht.

Zu Philoktet:

Kann sein, der Wind von deinem kurzen Fall
Steift Priams Mauer gegen unsern Sturm
Kann sein, dein Vorsprung in den Staub ist knapp

Wenn uns kein Gott den Blitz leiht gegen Troja.
In unsern Tod, den frühen oder späten
Gern oder ungern in der Pflicht, gehn wir
Nicht ganz vergessen von dem Fleisch vielleicht
Das aufsteht aus dem Staub der unser Fleisch war
Und tausend Speere stark geht Philoktet
Fuß über Kopf in seine eigne Leere
Und eher wird ein Gott uns seinen Blitz leihn
Als die mit deinem Namen füllt ein Mund.

PHILOKTET

Bleibt. Laßt mich nicht zum zweitenmal den Geiern.

NEOPTOLEMOS

Nichts mehr von Geiern. Mit uns geh. Dein Bogen.

ODYSSEUS

Gib mir den Bogen. Nicht so bald verraucht
So lang genährt mit solcher Nahrung, Zorn.
Und hilf ihm gehn, mein Arm wird ihm den Weg
Nicht ebner machen und die Zeit ist kurz.

PHILOKTET

Den Bogen nimmst du mir zum zweitenmal
Und lieber sah ich ihn in deiner Hand
In Stücken lieber als von dem gehalten.

ODYSSEUS

Mehr als den Bogen weigerst du dir selber.
Zähl deine Rache, wenn dir sonst nichts gilt.

PHILOKTET

Wirfst du dich selber mir zum Köder aus?
Dein Köder riecht nach deinem Aas von morgen.
Geht euern Weg, nicht ihr geht ihn zurück
Du nicht nach Ithaka, nach Skyros du nicht.
Geht mit dem Bogen, den ich nicht mehr brauch
Laßt mich, der sich nicht brauchen läßt von euch mehr.
Gebt mir ein Schwert, ein Beil, ein Eisen. Haut mir
Die Beine ab mit einem Eisen, daß die
Nicht gegen meinen Willen mit euch gehn
Reißt mir den Kopf vom Leib, daß meine Augen
Nicht nachgehn euch und euerm gehnden Segel
Daß meine Stimme nicht, lauter als Brandung

Zum Strand euch folgt und eurem Schiff aufs Meer.
Haut mir die Hände von den Armen auch
Eh sie euch anflehn stimmlos um den Platz
Auf eurer Ruderbank, in eurer Front
Reißt mir, daß nicht die roten Stümpfe noch
Das Ungewollte tun, vom Rumpf die Arme.
Der wird mir, fühllos auf fühllosem Stein
Nicht den Gehorsam weigern und so will ichs.

NEOPTOLEMOS
Laß ihn sich selber. Gönn ihm seinen Schluß
Wenn mit uns leben ärger ihm als Tod scheint.

ODYSSEUS
Ein Leben haben wir, der, du und ich.
Komm. Wenn er ausgerast hat, sehn wir weiter.
Odysseus und Neoptolemos ab. Pause.
Auftritt Neoptolemos mit dem Bogen.

PHILOKTET
Kommst du mit neuen Lügen, längerm Strick?

NEOPTOLEMOS
Den Bogen wiedergeben will ich dir.
Folg uns nach Troja oder leb auf Lemnos
Nach deinem Willen, aber nimm zurück
Was ich dir wegnahm, brauchend deine Schwäche
Daß nicht dein kommendes Geschick mir auch
Wie dein vergangnes dem, die Hände fleckt.

PHILOKTET
Spät nimmst du deine Hand aus ihrer Sache.
Du änderst nichts mehr, ändernd deinen Sinn.
Nichts ist ihm selber, nichts euch Philoktet mehr
Nichts reißt und bricht im Fall von Stein zu Stein
Wenn mein Fleisch reißt, wenn meine Knochen brechen
Nichts hält euch aus dem Bauch der troischen Hunde
Nichts lebt auf Lemnos als die Geier und
Wenig verschieden von den Geiern, ihr
Nichts bin ich, seit ich mir entgangen bin
Euch zu entgehn, auf meiner eignen Spur.
Behalt, wirf weg oder zerbrich was mein war.
Odysseus.

ODYSSEUS
Was willst du mit dem Bogen und bei dem?
NEOPTOLEMOS
Was du mit meinen Händen ihm geraubt hast
Will ich ihm wiedergeben, der Beraubte
Von dir auch dem Beraubten.
ODYSSEUS
Her den Bogen.
NEOPTOLEMOS
Nicht du bists der mich hindern wird am Rechten.
ODYSSEUS
Dein Leben gibst du aus der Hand und meins.
NEOPTOLEMOS
Nicht solchem Sieg will ich mein Leben danken.
ODYSSEUS
Und seins und andre hier und andern Orts.
NEOPTOLEMOS
Der Tod spart Götter, lügen muß kein Mann.
ODYSSEUS
Hättst du das Lügen länger ausgehalten.
Wasser genug wär unterm Kiel die Meerflut
Den Fleck dir abzuwaschen, nicht dein Blut
Für deine Wäsche brauchtest du, nicht unsers
Und auf dem Weg zur Heilung wär der Kranke.
Hätt ich zum Helfer einen Stein gewählt
Taub für die Stimme, süß durch langes Schweigen
Und blind für sein Gesicht, im langen Ausland
Vom eignen Fuß verkehrt zur eignen Maske.
Warum hab ich dir Aug und Ohr gelassen.
Eh seine Wunde deine Faust aufmacht
Gib seine andre Waffe mir, den Bogen
Und geh aufs Schiff zurück und wieg die Wellen
Bewein die Fische, wenn du Tränen hast
Weil ihnen Flügel weigerte der Gott
Oder das Schiff, weil es kein Blatt mehr treibt
Und wart, bis dem sein Leben wieder lieb wird.
So weit sind wir gegangen in der Sache
Im Netz aus eignem und aus fremdem Schritt

Daß uns kein Weg herausgeht als der weitre.
Spuck aus dein Mitgefühl, es schmeckt nach Blut
Kein Platz für Tugend hier und keine Zeit jetzt
Frag nach den Göttern nicht, mit Menschen lebst du
Bei Göttern, wenn die Zeit ist, lern es anders.
NEOPTOLEMOS *zu Philoktet:*
Nimm, eh mich seine Zunge wieder umdreht.
ODYSSEUS
Zurück oder dein Arm gehört den Geiern.
NEOPTOLEMOS
Oder den Fischen deine Zunge.
Neoptolemos läßt den Bogen fallen. Schwertkampf.
Philoktet nimmt den Bogen auf.
PHILOKTET
Halt.
Zu Neoptolemos:
Das Eisen weg. Den laß mir heil.
Zu Odysseus: Ihn magst du
In Stücke schneiden, keinen Haß für ihn
Hab ich, für seinen Rest kein Wasser also.
Wirf weg, daß es dir nicht die Haut ritzt etwa
Dein Eisen auch. Dein Tod ist meine Arbeit
Und ganz will ich die. Wären wir unsterblich
Daß ich dich töten könnte jetzt und immer.
NEOPTOLEMOS
Dein Haß zeigt an, du liebtest was dir wegnahm
Im Dienst und wiedergeben will jetzt der.
PHILOKTET
Glatt von den Lippen geht dir das Gelernte.
Von einem der ich nicht mehr bin sprichst du.
Der Stein vielleicht hat noch ein Ohr für dich.
Klags dem, bis ich den lästigen Lärm austu
Deine Stimme.
NEOPTOLEMOS
Mit dem Bogen, den ich dir
Zurückgab, trauend auf was du warst.
PHILOKTET
Mit dem.

ODYSSEUS

Laß mich dir sagen, Niemand, wer du warst.
Der Weg nach Troja, unsrer, aus dem Seesturm.
So schüttelte der Meergott unsre Flotte
Mit altem Neid das Schwimmende begehrend
Den Wald, der ihn begeht, nicht sein Gewächs
Mit altem Hunger uns, nicht seine Tiere:
Die Welle hob der Wolke uns entgegen
Aus Wolken schlug der Regen uns zurück
Feindlich den Schiffen war die Nachbarschaft
Mast kürzte Mast, Bord krachte gegen Bord
Als überall der Gott das Steuer nahm
Tödlich das Feste uns zu schnell Bewegten
Im Wirbel umgetrieben von der Flut
Getrieben selber von uneinigen Winden
Sichrer als Sichres auf dem Schaum die Wohnung
Zu nah die Küste, uns nicht nah genug sonst.
Dem brüllenden Gott das Opfer war verhindert
Um den Altar gebogen lag die Schlange
Was allen aufgegeben war von allen
Den Gang in ihren Biß hast du getan
Der Weg nach Troja, unsrer, war dein Fuß.
Und wieder warf der Gott auf uns ein Auge
Hielt seinen Atem an, uns zu behalten
Was Wind nicht kann kann Kein-Wind,
   dreißig Segel
Leer, und das Opfer war verhindert wieder
Von dir jetzt, dem das vorige verdankt war
Ins vorgeschriebne Schweigen brülltest du
Dein Weg nach Lemnos war der schwarze Fuß.
Dein Weg aus vieljährigem Ausland jetzt
In den verdienten endlichen Ruhm bin ich.
Dreitausend schlachtest du, mich tötend, einen
Dreitausend tot bleibt Troja heil, die Stadt
Und wenn die heil bleibt hin sind unsre Städte.
Dein Schritt auf meinen Nacken ist nach unten
Ein Grünes siehst du nicht mehr, seh ich keins
Ich bin dein Gras und Baum oder die sind nicht.

PHILOKTET
Geht dir das Maul noch, wirbelt noch die Zunge
Gehorsam zu verlängern deine Zeit?
Hör wie das Schweigen deine Rede bricht.
Ich weiß von Städten nichts, ist eine Stadt hier?
Und so viel sind sie mir. Auch glaub ich keine.
Gebild aus Worten und Wohnung für Träume
Falle, von blinden Augen ausgestellt
In leere Luft, Gewächs aus faulen Köpfen
Wo sich die Lüge mit der Lüge paart
Sie sind nicht, Lüge euer Grünzeug auch
Kahl ist mein Erdkreis und so will ich euren
Ein Etwas, zwischen nichts und nichts gespannt
Von arbeitslosen Göttern ohne Grund
Rasiert von seinem eignen Eingeweide
Mit dem sein Aussatz über ihn Gewalt hat
Vom Feuer gewaschen, Raub aus Göttersitzen
Bis er Gewalt hat über seinen Aussatz
Geleert von allem wenn das Nichts
zurücknimmt
Die es der Zeit geliehn hat, seine Sterne.
Reißt euch die Augen aus, sie lügen, leer
Die Höhlen reden wahr, mein Leben selber
Hat keine Wahrheit mehr als deinen Tod.
ODYSSEUS
Noch ist ein andrer Weg aus deinem Unfall.
Ists nicht in unsern, ists in euren Sieg.
Die Toten essen wohl vom Lorbeer nicht.
Mein Tod in deiner Hand färbt meine Rede
Mein eigner Name auf den eignen Lippen
Im Schatten deiner Pfeile schmeckt nach Blut.
Folg über meine Leiche dem nach Troja
Er hat nicht teil an deinem alten Unglück
Und widerwillig am Betrug, am neuen.
Dort lügt mir einen Tod, der meine Mannschaft
Am Krieg hält und ein Grab unfindbar, seis
Daß mich ein Fisch fraß, meine Rede neidend
Oder, weil ich ins Wasser spie, ein Meergott.

NEOPTOLEMOS *vor ihm.*
Den Bogen gab ich weg. Dein Schild jetzt.
Zu Philoktet: Nimm
Mein Leben für seins.
Zu Odysseus: Es mag euch weniger wert sein.
ODYSSEUS
Bis du dich wieder brauchen kannst bleib weg.
PHILOKTET
Du hasts gehört. Auch brauch ich dein Gesicht
Zum Spiegel jetzt, daß ich den aufhörn seh
Mit deinen Augen eh du aufhörst auch.
Warum hat mir der Gott verweigert Augen
Zu sehen meine eignen sehnden Augen
Warum dem Augenblick die Dauer? Könnt ich
Sein letztes Bild aus deinen Augen graben
Dir aus den Ohren seinen letzten Schrei.
Zu Odysseus:
Lern deine Arbeit jetzt im Dienst der Feldherrn
Auf Steinen ausgesetzt mit faulem Fuß
Der dich im Taumel umtreibt auf dem Stein
Dreifüßig fliehend den stinkenden vierten
Den nicht fliehbaren, fliehend dein Gebrüll
Das nicht fliehbare, lauter durch die Flucht
Und lauter, stopfst du dir die Ohren, in dir
Besoffen ganz vom eigenen Gestank
Aas unter Geiern, schrumpfend in die Geier
Kotplatz für Geier, Kot von Geiern bald
Kriech um die Wette mit der eignen Fäulnis
Die deinen Fuß schon eingeholt hat und
Dich einholt bald, den Kriechenden, kriech schneller.
Hast du schrein gelernt? Auf Lemnos ist die Schule.
Kannst du Geier fressen? Auf Lemnos wirds gelehrt.
Friß deine Ernte, Baum, Gras, schmeck dein Grün
Eh ich dich aus dir reiß mit deinen Wurzeln.
Schießt einen Geier, wirft ihn dem Odysseus vor.
Dein Geier. Lern von ihm was du gelehrt hast.
Friß, deinesgleichen fraß er vor dir, bald
Dich frißt er, mäste dich mit deinem Grab

Dein Grab zu mästen nach dir. Graut dir schon
Vor deiner Arbeit, Freund?

NEOPTOLEMOS

Und mir vor meiner.

Er nimmt sein Schwert auf und rennt es dem Philoktet in den Rücken.

Von meinen Toten bist der erste du
Den Ausgang in die untre Welt im Rücken.
Hätt eine andre Hand den aufgetan.
Trauriger Ruhm, zu töten einen Toten.
's ist seines Todes Leib, aus dem sein Blut geht
Lang vor dem unter seinen Fuß ging er.
Unsern und seinen Schaden ausgetan
Hab ich.

ODYSSEUS

Ein schneller Schüler bist du mir.

NEOPTOLEMOS

Was für ein Schatten schwärzt den Tag?

ODYSSEUS

Das Volk
Der Geier sammelt sich zur letzten Arbeit.
Der eine Dienst verlangt den andern. Steine.

Neoptolemos bringt Steine.

Was von ihm blieb nach unsrer Arbeit und
Nicht bleiben wird, im Bauch der Vögel nicht
Soll es den Weg gehn, den das Fleisch nicht kennt
Wo das Geteilte sich versammelt endlich
Die Brust den Nacken deckt, der Fuß den Scheitel.
Mit Steinen deck ich, was ich auf den Stein warf.

Tun es.

Den Bogen laß heraus, er braucht ihn nicht mehr.
Auch macht er wohl den Geiern keinen Hunger.
Ungern mein Leben dank ich solchem Tod.

NEOPTOLEMOS

Und nicht gern gab ich dirs. Und nicht für lang wohl.
Sein Arm, der nichts mehr hält, hielt tausend Speere.

ODYSSEUS

Das findet sich. Nimm seinen Bogen auf.

NEOPTOLEMOS
Austreten wird der Troer unsre Städte
Folgt uns nach Troja der nicht, sagtest du.

ODYSSEUS
So sagt ich. Und jetzt sag ichs anders. Nämlich
Der kommt uns nicht mehr, sondern geht entbehrlich
Mit heilen Füßen unten durch den Stein
Der Unentbehrliche in sieben Stürmen
Und ausgehn muß der Krieg uns ohne ihn.
Nimm seinen Köcher auch, ein Pfeil ein Troer.
Ich wollt mich nähm ein Gott in seinen Schlaf.
Roll mir den Himmel aus den Augen, Donner
Reiß mir die Erde von den Füßen, Blitz.
Er tuts nicht. Gehn wir also, tauschen wieder
Den wenig festen Grund mit dem bewegten
Das Bild des kaum Begrabnen mit dem Blick
Der Leiber, die den Grund begraben, der
Sie zu begraben nicht mehr ausreicht, zu viele
Getötet und zu schnell. Und nicht genug
Und schnell genug nicht, unser ist die Stadt
Nicht eh die Mauern übersteigt das Tote.
Und laß uns schnell gehn, eh der Gott voreilig
Merkt mein Gebet und schlägt in Schlaf mich wirklich
Mit schwarzem Flügel und ein Schlächter weniger
Kehrt heim auf jene Küste, die von Blut schwappt.
Geht, bleibt stehn.
Wenn uns der Fisch lebendig nicht ins Netz ging
Mag uns zum Köder brauchbar sein der tote.
Zu besserem vielleicht, er kanns nicht hindern
Daß seine Wunde seine Speere schärft.
Die Steine weg. Lad mir den Leichnam auf.
Ich will dem Toten meine Füße leihn.
Das geschieht.
Lebendig warst du schwierigere Last mir
Beschwert vom Stein, zehn Jahr lang deine Last
Erleichtert jetzt vom Hunger, zehn Jahr alt.
Wieder zu Neoptolemos.
Die Troer nämlich kamen uns zuvor

Den Mann hier gegen uns kehrn wollten sie.
Der zeigte sich von seiner griechischen Seite
Und sie erschlugen ihn für Treue, weil
Mit Gold nicht konnten sie bewegen die
Mit Reden nicht noch mit der Furcht. So starb er
Von uns gesehn, die mit der Brandung kämpften
Umstellt von sieben Troern auf dem Stein
Das Schwert in seinen Rücken stieß der achte
Und lauter als die Brandung war sein Schrei
Sein Bild nicht zu vergessen uns zu spät
Geschickten und besiegt beinah durch Brandung
Bei solchem Anblick, schlug dir doch, wars nicht so?
Sein trauriger Fall das Ruder aus der Hand
Und knapp am Fels vorbei warf uns die Welle
Und trug rückflutend uns, die gleiche Welle
Den Feind vorbei den Spitzen unsrer Speere
Ins Offne schnell auf leichtgebautem Schiff
Als noch die Brandung Feind genug uns war
Und so versäumten wir die Rache auch.
Den Bogen ließen sie in eiliger Flucht
Uns liegen, und die Mörder waren kenntlich
Und sinds, an seiner Wunde, der im Rücken.

NEOPTOLEMOS

Gehts ohne den jetzt, gehts auch ohne dich.
Mein bestes nahm ich untern Fuß dir nach
Lügner, Dieb, Mörder auch in deiner Schule.
Ich sah den Troer und ich sah ihn töten
Zwei.

ODYSSEUS *dreht sich um, den Toten auf dem Rücken.*

Meinen toten Rücken leih ich dir.
Schieß, mach uns glaublicher dies braucht die Lüge.
Und wisse: tötet mich der Troer auch hier
Daß ich dir nicht als Zeuge dienen kann
Und wenig glaubt man einem und nichts dir
In unsrer Sache, dreimal tausend wissen
Aus deinem Mund und meinem deinen Haß
Auf mich, der deines Vaters Waffen trägt
Gegen dich selber spannst du deinen Bogen

Dein mit dem Recht des Schwertes, weil der starb dran
Und auf dich selber springt der Pfeil zurück
Mit dem Gewicht der Steine, das dich ausschlägt
Gewogen mit den Händen eigner Mannschaft.
Ein guter Schild ist die geborgte Stierhaut
Ein bessrer im Genick der Tote, ganz
In Eisen kleidet mich dein Haß.
Dreht sich wieder um.
NEOPTOLEMOS *steckt den Pfeil weg.*
Wärs anders.

ODYSSEUS
Tausch deine Last mit meiner.
Tausch. Odysseus nimmt den Bogen, den Toten Neoptolemos.
Geh voran.
Vor Troja werd ich dir die Lüge sagen
Mit der du deine Hände waschen konntest
Hättst du mein Blut vergossen jetzt und hier.
Gehn, Neoptolemos voran.
Geh schneller, daß nicht deine Wut verraucht.
In Troja ist dein Tisch gedeckt, geh schneller.

Anmerkungen

1
Die Pause ist möglich nach dem ersten Abgang von Odysseus und Neoptolemos. In der Pause sollten zwei Clowns (Darsteller des Odysseus und des Neoptolemos) bei Saallicht mit Holzschwertern einen Kampf vorführen. Das Publikum, bei geöffneten Saaltüren, mag gehen oder bleiben, zusehn oder nicht.

2
Zum Schlußgang von Odysseus und Neoptolemos mit dem toten Philoktet können Bilder aus der Kriegsgeschichte projiziert werden, vom Trojanischen bis zum Japanischen Krieg.

ÖDIPUSKOMMENTAR

Lajos war König in Theben. Ihm sagte der Gott aus dem Mund der
Priester, sein Sohn werde gehen über ihn. Lajos, unwillig
Zu bezahlen den Preis der Geburt, die kostet das Leben
Riß von den Brüsten der Mutter das Neue, durchbohrte die Zehen ihm
Sorgsam, daß es nicht über ihn geh, und vernähte die dreifach
Gab es, daß der auf dem Tisch der Gebirge den Vögeln es ausleg
Einem Diener, *dieses mein Fleisch wird mich nicht überwachsen*
Und verbreitete so den Fuß, der ihn austrat, durch Vorsicht:
Dem geflügelten Hunger das Kind nicht gönnte der Diener
Gab in andere Hände zu retten in anderes Land es
Dort das hoch Geborene wuchs auf geschwollenen Füßen
Keiner hat meinen Gang, sein Makel sein Name, auf seinen
Füßen und andern seinen Gang ging das Schicksal, aufhaltsam
Jeder Schritt, unaufhaltsam der nächste, ein Schritt ging den andern.
Seht das Gedicht von Ödipus, Lajos Sohn aus Jokaste
Unbekannt mit sich selber, in Theben Tyrann durch Verdienst: er
Löste, weil Flucht vom verkrüppelten Fuß ihm versagt war, das Rätsel
Aufgestellt von der dreimal geborenen Sphinx über Theben
Gab dem Stein zu essen das Menschen essende Dreitier
Und der Mensch war die Lösung. Jahrlang in glücklicher Stadt drauf

Pflügte das Bett, in dem er gepflanzt war, der Glück-
bringer glücklich.
Länger als Glück ist Zeit, und länger als Unglück: im
zehnten
Jahr aus Ungekanntem die Pest fiel über die Stadt her
Solang glücklich. Leiber zerbrach sie und andere Ordnung.
Und im Ring der Beherrschten, das neue Rätsel ge-
schultert
Auf zu großem Fuß stand, umschrien vom Sterben der
Stadt, der
Rätsellöser, warf seine Fragen ins Dunkel wie Netze:
Lügt der Bote, sein Ohr, zu den Priestern geschickt, Mund
der Götter?
Sagt der Blinde die Wahrheit, der mit zehn Fingern auf
ihn weist?
Aus dem Dunkel die Netze schnellen zurück, in den
Maschen
Auf der eigenen Spur vom eigenen Schritt überholt: er.
Und sein Grund ist sein Gipfel: er hat die Zeit überrundet
In den Zirkel genommen, *ich und kein Ende,* sich selber.
In den Augenhöhlen begräbt er die Welt. Stand ein
Baum hier?
Lebt Fleisch außer ihm? Keines, es gibt keine Bäume, mit
Stimmen
Redet sein Ohr auf ihn ein, der Boden ist sein Gedanke
Schlamm oder Stein, den sein Fuß denkt, aus den Händen
ihm manchmal
Wächst eine Wand, *die Welt eine Warze,* oder es pflanzt
sein
Finger ihn fort im Verkehr mit der Luft, bis er auslöscht
das Abbild
Mit der Hand. So lebt er, sein Grab, und kaut seine Toten.
Seht sein Beispiel, der aus blutigen Startlöchern aufbricht
In der Freiheit des Menschen zwischen den Zähnen des
Menschen
Auf zu wenigen Füßen, mit Händen zu wenig den Raum
greift.

DER HORATIER

Zwischen der Stadt Rom und der Stadt Alba
War ein Streit um Herrschaft. Gegen die Streitenden
Standen in Waffen die Etrusker, mächtig.
Ihren Streit auszumachen vor dem erwarteten Angriff
Stellten sich gegeneinander in Schlachtordnung
Die gemeinsam Bedrohten. Die Heerführer
Traten jeder vor sein Heer und sagten
Einer dem andern: Weil die Schlacht schwächt
Sieger und Besiegte, laßt uns das Los werfen
Damit ein Mann kämpfe für unsere Stadt
Gegen einen Mann, kämpfend für eure Stadt
Aufsparend die andern für den gemeinsamen Feind
Und die Heere schlugen die Schwerter gegen die Schilde
Zum Zeichen der Zustimmung und die Lose wurden
geworfen.
Die Lose bestimmten zu kämpfen
Für Rom einen Horatier, für Alba einen Kuriatier.
Der Kuriatier war verlobt der Schwester des Horatiers
Und der Horatier und der Kuriatier
Wurden gefragt jeder von seinem Heer:
Er ist/Du bist verlobt deiner/seiner Schwester.
Soll das Los
Geworfen werden noch einmal?
Und der Horatier und der Kuriatier sagten: Nein
Und sie kämpften zwischen den Schlachtreihen
Und der Horatier verwundete den Kuriatier
Und der Kuriatier sagte mit schwindender Stimme:
Schone den Besiegten. Ich bin
Deiner Schwester verlobt.
Und der Horatier schrie:
Meine Braut heißt Rom
Und der Horatier stieß dem Kuriatier
Sein Schwert in den Hals, daß das Blut auf die Erde fiel.
Als nach Rom heimkehrte der Horatier

Auf den Schilden der unverwundeten Mannschaft
Über die Schulter geworfen das Schlachtkleid
Des Kuriatiers, den er getötet hatte
Am Gürtel das Beuteschwert, in Händen das blutige eigne
Kam ihm entgegen am östlichen Stadttor
Mit schnellem Schritt seine Schwester und hinter ihr
Sein alter Vater, langsam
Und der Sieger sprang von den Schilden, im Jubel des Volks
Entgegenzunehmen die Umarmung der Schwester.
Aber die Schwester erkannte das blutige Schlachtkleid
Werk ihrer Hände, und schrie und löste ihr Haar auf.
Und der Horatier schalt die trauernde Schwester:
Was schreist du und lösest dein Haar auf.
Rom hat gesiegt. Vor dir steht der Sieger.
Und die Schwester küßte das blutige Schlachtkleid und schrie:
Rom.
Gib mir wieder, was in diesem Kleid war.
Und der Horatier, im Arm noch den Schwertschwung
Mit dem er getötet hatte den Kuriatier
Um den seine Schwester weinte jetzt
Stieß das Schwert, auf dem das Blut des Beweinten
Noch nicht getrocknet war
In die Brust der Weinenden
Daß das Blut auf die Erde fiel. Er sagte:
Geh zu ihm, den du mehr liebst als Rom.
Das jeder Römerin
Die den Feind betrauert.
Und er zeigte das zweimal blutige Schwert allen Römern
Und der Jubel verstummte. Nur aus den hinteren Reihen
Der zuschauenden Menge hörte man noch
Heil rufen. Dort war noch nicht bemerkt worden
Das Schreckliche. Als im Schweigen des Volks der Vater
Angekommen war bei seinen Kindern
Hatte er nur noch ein Kind. Er sagte:
Du hast deine Schwester getötet.

Und der Horatier verbarg das zweimal blutige
Schwert nicht
Und der Vater des Horatiers
Sah das zweimal blutige Schwert an und sagte:
Du hast gesiegt. Rom
Herrscht über Alba.
Er beweinte die Tochter, verdeckten Gesichts
Breitete auf ihre Wunde das Schlachtkleid
Werk ihrer Hände, blutig vom gleichen Schwert
Und umarmte den Sieger.
Zu den Horatiern jetzt
Traten die Liktoren, trennten mit Rutenbündel und Beil
Die Umarmung, nahmen das Beuteschwert
Vom Gürtel dem Sieger und dem Mörder aus der
Hand das zweifach
Blutige eigne.
Und von den Römern einer rief:
Er hat gesiegt. Rom
Herrscht über Alba.
Und von den Römern ein andrer entgegnete:
Er hat seine Schwester getötet.
Und die Römer riefen gegeneinander:
Ehrt den Sieger.
Richtet den Mörder.
Und Römer nahmen das Schwert gegen Römer im Streit
Ob als Sieger geehrt werden sollte
Oder gerichtet werden als Mörder der Horatier.
Die Liktoren
Trennten die Streitenden mit Rutenbündel und Beil
Und beriefen das Volk in die Versammlung
Und das Volk bestimmte aus seiner Mitte zwei
Recht zu sprechen über den Horatier
Und gab dem einen in die Hand
Den Lorbeer für den Sieger
Und dem andern das Richtbeil, dem Mörder bestimmt
Und der Horatier stand
Zwischen Lorbeer und Beil.
Aber sein Vater stellte sich zu ihm

Der erste im Verlust, und sagte:
Schändliches Schauspiel, das der Albaner selbst
Nicht ansäh ohne Scham.
Gegen die Stadt stehn die Etrusker
Und Rom zerbricht sein bestes Schwert.
Um eine sorgt ihr.
Sorgt um Rom.
Und von den Römern einer entgegnete ihm
Rom hat viele Schwerter.
Kein Römer
Ist weniger als Rom oder Rom ist nicht.
Und von den Römern ein anderer sagte
Und zeigte mit Fingern die Richtung des Feinds:
Zweifach mächtig
Ist der Etrusker, wenn entzweit ist Rom
Durch verschiedne Meinung
In unzeitigem Gericht.
Und der erste begründete so seine Meinung:
Ungesprochenes Gespräch
Beschwert den Schwertarm.
Verhehlter Zwiespalt
Macht die Schlachtreihe schütter.
Und die Liktoren trennten zum zweiten Mal
Die Umarmung der Horatier, und die Römer bewaffneten sich
Jeder mit seinem Schwert.
Der den Lorbeer hielt und der das Beil hielt
Jeder mit seinem Schwert, so daß die Linke jetzt
Den Lorbeer oder das Beil hielt und das Schwert
Die Rechte. Die Liktoren selbst
Legten aus der Hand einen Blick lang
Die Insignien ihres Amts und steckten
In den Gürtel jeder sein Schwert und nahmen
In die Hand wieder Rutenbündel und Beil
Und der Horatier bückte sich
Nach seinem Schwert, dem blutigen, das im Staub lag. Aber die Liktoren
Verwehrten es ihm mit Rutenbündel und Beil.

Und der Vater des Horatiers nahm sein Schwert
auch und ging
Aufzuheben mit der Linken das blutige
Des Siegers, der ein Mörder war
Und die Liktoren verwehrten es ihm auch
Und die Wachen wurden verstärkt an den vier Toren
Und das Gericht wurde fortgesetzt
In Erwartung des Feinds.
Und der Lorbeerträger sagte:
Sein Verdienst löscht seine Schuld
Und der Beilträger sagte:
Seine Schuld löscht sein Verdienst
Und der Lorbeerträger fragte:
Soll der Sieger gerichtet werden?
Und der Beilträger fragte:
Soll der Mörder geehrt werden?
Und der Lorbeerträger sagte:
Wenn der Mörder gerichtet wird
Wird der Sieger gerichtet
Und der Beilträger sagte:
Wenn der Sieger geehrt wird
Wird der Mörder geehrt.
Und das Volk blickte auf den unteilbaren einen
Täter der verschiedenen Taten und schwieg.
Und der Lorbeerträger und der Beilträger fragten:
Wenn das eine nicht getan werden kann
Ohne das andere, das es ungetan macht
Weil der Sieger/Mörder und der Mörder/Sieger
sind ein Mann, unteilbar
Sollen wir also von beidem keines tun
So daß da ein Sieg/Mord ist, aber kein Sieger/Mörder
Sondern der Sieger/Mörder heißt Niemand?
Und das Volk antwortete mit einer Stimme
(Aber der Vater des Horatiers schwieg):
Da ist der Sieger. Sein Name: Horatius.
Da ist der Mörder. Sein Name: Horatius.
Viele Männer sind in einem Mann.
Einer hat gesiegt für Rom im Schwertkampf.

Ein andrer hat seine Schwester getötet
Ohne Notwendigkeit. Jedem das Seine.
Dem Sieger den Lorbeer. Dem Mörder das Beil.
Und der Horatier wurde gekrönt mit dem Lorbeer
Und der Lorbeerträger hielt sein Schwert hoch
Mit gestrecktem Arm und ehrte den Sieger
Und die Liktoren legten aus der Hand
Rutenbündel und Beil und hoben das Schwert auf
Das zweimal blutige mit verschiedenem Blut
Das im Staub lag und reichten es dem Sieger
Und der Horatier mit gekrönter Schläfe
Hielt sein Schwert hoch so daß für alle sichtbar war
Das zweimal blutige mit verschiedenem Blut
Und der Beilträger legte das Beil aus der Hand,
  und die Römer alle
Hielten jeder sein Schwert hoch drei Herzschläge lang
Mit gestrecktem Arm und ehrten den Sieger.
Und die Liktoren steckten ihre Schwerter
In den Gürtel wieder, nahmen das Schwert
Des Siegers aus der Hand dem Mörder und warfen es
In den vorigen Staub, und der Beilträger riß
Dem Mörder von der Schläfe den Lorbeer
Mit dem der Sieger gekrönt worden war und gab ihn
Wieder in die Hand dem Lorbeerträger und warf
  dem Horatier
Über den Kopf das Tuch in der Farbe der Nacht
In die zu gehen er verurteilt war
Weil er einen Menschen getötet hatte
Ohne Notwendigkeit, und die Römer alle
Steckten jeder sein Schwert in die Scheide
So daß die Schneiden alle bedeckt waren
Damit nicht teilhatten die Waffen
Mit denen der Sieger geehrt worden war
An der Richtung des Mörders. Aber die Wachen
An den vier Toren in Erwartung des Feinds
Bedeckten ihre Schwerter nicht
Und die Schneiden der Beile blieben unbedeckt
Und das Schwert des Siegers, das im Staub lag, blutig.

Und der Vater des Horatiers sagte:
Dieser ist mein letztes. Tötet mich für ihn.
Und das Volk antwortete mit einer Stimme:
Kein Mann ist ein andrer Mann
Und der Horatier wurde gerichtet mit dem Beil
Daß das Blut auf die Erde fiel
Und der Lorbeerträger, in der Hand
Wieder den Lorbeer des Siegers, zerrauft jetzt
Weil von der Schläfe gerissen dem Mörder
Fragte das Volk:
Was soll geschehn mit dem Leichnam des Siegers?
Und das Volk antwortete mit einer Stimme:
Der Leichnam des Siegers soll aufgebahrt werden
Auf den Schilden der Mannschaft, heil durch sein Schwert.
Und sie fügten zusammen ungefähr
Das natürlich nicht mehr Vereinbare
Den Kopf des Mörders und den Leib des Mörders
Getrennt voneinander mit dem Richtbeil
Blutig aus eigenem beide, zum Leichnam des Siegers
Auf den Schilden der Mannschaft, heil durch sein Schwert
Nicht achtend sein Blut, das über die Schilde floß
Nicht achtend sein Blut auf den Händen, und
drückten ihm
Auf die Schläfe den zerrauften Lorbeer
Und steckten in die Hand mit den gekrümmten Fingern
Vom letzten Krampf sein staubig blutiges Schwert ihm
Und kreuzten über ihm die nackten Schwerter
Andeutend, daß nichts versehren solle den Leichnam
Des Horatiers, der gesiegt hatte für Rom
Nicht Regen noch Zeit, nicht Schnee noch Vergessen
Und betrauerten ihn mit verdecktem Gesicht.
Aber die Wachen an den vier Toren
In Erwartung des Feinds
Verdeckten ihre Gesichter nicht.
Und der Beilträger, in Händen wieder das Richtbeil
Auf dem das Blut des Siegers noch nicht getrocknet war
Fragte das Volk:
Was soll geschehn mit dem Leichnam des Mörders?

Und das Volk antwortete mit einer Stimme
(Aber der letzte Horatier schwieg):
Der Leichnam des Mörders
Soll vor die Hunde geworfen werden
Damit sie ihn zerreißen
Also daß nichts bleibt von ihm
Der einen Menschen getötet hat
Ohne Notwendigkeit.
Und der letzte Horatier, im Gesicht
Zweifach die Tränenspur, sagte:
Der Sieger ist tot, der nicht zu vergessende
Solange Rom über Alba herrschen wird.
Vergeßt den Mörder, wie ich ihn vergessen habe
Der erste im Verlust.
Und von den Römern einer antwortete ihm:
Länger als Rom über Alba herrschen wird
Wird nicht zu vergessen sein Rom und das Beispiel
Das es gegeben hat oder nicht gegeben
Abwägend mit der Waage des Händlers gegen einander
Oder reinlich scheidend Schuld und Verdienst
Des unteilbaren Täters verschiedener Taten
Fürchtend die unreine Wahrheit oder nicht fürchtend
Und das halbe Beispiel ist kein Beispiel
Was nicht getan wird ganz bis zum wirklichen Ende
Kehrt ins Nichts am Zügel der Zeit im Krebsgang.
Und der Lorbeer wurde dem Sieger abgenommen
Und von den Römern einer verneigte sich
Vor dem Leichnam und sagte:
Gestatte, daß wir aus der Hand brechen, Sieger
Dir nicht mehr Empfindendem
Das Schwert, das gebraucht wird.
Und von den Römern ein andrer spie auf den Leichnam
 und sagte:
Mörder, gib das Schwert heraus.
Und das Schwert wurde ihm aus der Hand gebrochen
Nämlich seine Hand mit der Totenstarre
Hatte sich geschlossen um den Schwertknauf
So daß die Finger gebrochen werden mußten

Dem Horatier, damit er das Schwert herausgab
Mit dem er getötet hatte für Rom und einmal
Nicht für Rom, das blutige einmal zu viel
Damit gebraucht werden konnte von andern besser
Was gut gebraucht hatte er und einmal nicht gut.
Und der Leichnam des Mörders, entzweit vom Richtbeil
Wurde vor die Hunde geworfen, damit sie
Ganz ihn zerrissen, so daß nichts bleibe von ihm
Der einen Menschen getötet hatte
Ohne Notwendigkeit, oder so viel wie nichts.
Und von den Römern einer fragte die andern:
Wie soll der Horatier genannt werden der Nachwelt?
Und das Volk antwortete mit einer Stimme:
Er soll genannt werden der Sieger über Alba
Er soll genannt werden der Mörder seiner Schwester
Mit einem Atem sein Verdienst und seine Schuld.
Und wer seine Schuld nennt und nennt sein
Verdienst nicht
Der soll mit den Hunden wohnen als ein Hund
Und wer sein Verdienst nennt und nennt seine Schuld nicht
Der soll auch mit den Hunden wohnen.
Wer aber seine Schuld nennt zu einer Zeit
Und nennt sein Verdienst zu anderer Zeit
Redend aus einem Mund zu verschiedner Zeit anders
Oder für verschiedne Ohren anders
Dem soll die Zunge ausgerissen werden.
Nämlich die Worte müssen rein bleiben. Denn
Ein Schwert kann zerbrochen werden und ein Mann
Kann auch zerbrochen werden, aber die Worte
Fallen in das Getriebe der Welt uneinholbar
Kenntlich machend die Dinge oder unkenntlich.
Tödlich dem Menschen ist das Unkenntliche.
So stellten sie auf, nicht fürchtend die unreine Wahrheit
In Erwartung des Feinds ein vorläufiges Beispiel
Reinlicher Scheidung, nicht verbergend den Rest
Der nicht aufging im unaufhaltbaren Wandel
Und gingen jeder an seine Arbeit wieder, im Griff
Neben Pflug, Hammer, Ahle, Schreibgriffel das Schwert.

Anmerkung

Das Spiel folgt der Beschreibung. (ALLE SPIELER: Zwischen der Stadt Rom ... die gemeinsam Bedrohten. AUFSTELLUNG. DIE HEERFÜHRER: Die Heerführer/Traten jeder vor sein Heer und sagten/Einer dem andern: Weil die Schlacht schwächt usw. Variante: DIE HEERFÜHRER: Die Heerführer/Traten jeder vor sein Heer und sagten/Einer dem andern. ALLE SPIELER: Weil die Schlacht schwächt ...) Alle Requisiten: Masken (Römer- und Albanermasken, Maske der Schwester, Hundemasken), Waffen usw. sind während des ganzen Spiels sichtbar. Kein Abgang. Wer seinen Text gesprochen und sein Spiel gespielt hat, geht in seine Ausgangsposition zurück bzw. wechselt die Rolle. (Die Albaner, nach dem Kampf, spielen das römische Volk, das den Sieger empfängt. Zwei römische Soldaten, nach dem Mord, spielen die Liktoren usw.) Nach jeder Tötung läßt ein Spieler an der Rampe ein rotes Tuch fallen. Der Spieler des Horatiers kann, nach seiner Tötung, durch eine Puppe ersetzt werden. Die Puppe sollte überlebensgroß sein. Der Text: Nämlich seine Hand mit der Leichenstarre ... wird in jedem Fall von dem Spieler des Horatiers gesprochen.

MAUSER

CHOR

Du hast gekämpft an der Front des Bürgerkriegs
Der Feind hat keine Schwäche gefunden an dir
Wir haben keine Schwäche gefunden an dir.
Jetzt bist du selber eine Schwäche
Die der Feind nicht finden darf an uns.
Du hast den Tod ausgeteilt in der Stadt Witebsk
An die Feinde der Revolution mit unserm Auftrag
Wissend, das tägliche Brot der Revolution
In der Stadt Witebsk wie in andern Städten
Ist der Tod ihrer Feinde, wissend, das Gras noch
Müssen wir ausreißen, damit es grün bleibt
Wir haben sie getötet mit deiner Hand.
Aber an einem Morgen in der Stadt Witebsk
Hast du getötet selbst mit deiner Hand
Nicht unsre Feinde nicht mit unserm Auftrag
Und mußt getötet werden, selbst ein Feind.
Tu deine Arbeit auf dem letzten Platz
An den die Revolution dich gestellt hat
Den du nicht verlassen wirst auf deinen Füßen
An der Wand, die deine letzte sein wird
Wie du getan hast deine andre Arbeit
Wissend, das tägliche Brot der Revolution
In der Stadt Witebsk wie in andern Städten
Ist der Tod ihrer Feinde, wissend, das Gras noch
Müssen wir ausreißen, damit es grün bleibt.

A

Ich habe meine Arbeit getan.

CHOR

Tu deine letzte.

A

Ich habe getötet für die Revolution.

CHOR

Stirb für sie.

A
Ich habe einen Fehler begangen.
CHOR
Du bist der Fehler.
A
Ich bin ein Mensch.
CHOR
Was ist das.
A
Ich will nicht sterben.
CHOR
Wir fragen dich nicht, ob du sterben willst.
Die Wand in deinem Rücken ist die letzte Wand
In deinem Rücken. Die Revolution braucht dich nicht mehr
Sie braucht deinen Tod. Aber eh du nicht Ja sagst
Zu dem Nein, das über dich gesprochen ist
Hast du deine Arbeit nicht getan.
Vor den Gewehrläufen der Revolution, die deinen Tod braucht
Lern deine letzte Lektion. Deine letzte Lektion heißt:
Du, der an der Wand steht, bist dein Feind und unsrer.
A
In den Gefängnissen von Omsk bis Odessa
Wurde mir der Text auf den Leib geschrieben
Gelesen unter Schulbänken und auf dem Abtritt
PROLETARIER ALLER LÄNDER VEREINIGT EUCH
Mit Faust und Kolben, mit Stiefelabsatz und Schuhspitze
Dem Sohn des Kleinbürgers mit eigenem Samowar
Zubereitet auf dem zerknieten Dielenholz
Vor der Ikone für eine geistliche Laufbahn.
Aber ich trat beizeiten aus dem Startloch.
In Versammlungen, Demonstrationen, Streiks
Niedergeritten von rechtgläubigen Kosaken
Von trägen Beamten lustlos gefoltert
Lernte ich nichts über das Leben nach dem Tod.
Töten lernte ich in den langdauernden Kämpfen
Gegen die Umklammerung, zur Zeit des Stirb oder Töte

Wir sagten: wer nicht töten will, soll auch nicht essen
Das Bajonett in einen Feind rennen
Kadett, Offizier, oder Bauer, der nichts begriffen hat
Wir sagten: es ist eine Arbeit wie jede andere
Schädel einschlagen und schießen.

A [CHOR]
Aber an einem Morgen in der Stadt Witebsk
Mit nahem Schlachtlärm erteilte die Revolution mir
Mit der Stimme der Partei den Auftrag
Das Revolutionstribunal zu übernehmen
In der Stadt Witebsk, das den Tod austeilt
An die Feinde der Revolution in der Stadt Witebsk.

CHOR
Du hast gekämpft an der Front des Bürgerkriegs
Der Feind hat keine Schwäche gefunden an dir
Wir haben keine Schwäche gefunden an dir.
Verlaß die Front und stell dich an den Platz
Auf dem die Revolution dich braucht von nun an
Bis sie dich braucht auf einem andern Platz.
Führ unsern Kampf in unserm Rücken, teile
Den Tod aus an die Feinde der Revolution.

A [CHOR]
Und ich war einverstanden mit dem Auftrag.
Wissend, das tägliche Brot der Revolution
Ist der Tod ihrer Feinde, wissend, das Gras noch
Müssen wir ausreißen, damit es grün bleibt
War ich einverstanden mit dem Auftrag
Den die Revolution mir erteilt hatte
Mit der Stimme der Partei im Schlachtlärm. /
Und dieses Töten war ein andres Töten
Und es war eine Arbeit wie keine andere.

CHOR
Deine Arbeit fängt heute an. Der sie getan hat vor dir
Muß getötet werden vor morgen, selbst ein Feind.

A [CHOR]
Warum er.

B
Vor meinem Revolver drei Bauern

Feinde der Revolution aus Unwissenheit.
Auf ihren Rücken die Hände, gebunden mit Stricken
Sind zerarbeitet, an den Revolver gebunden
Mit dem Auftrag der Revolution ist meine Hand
Mein Revolver gerichtet auf ihren Nacken.
Ihre Feinde sind meine Feinde, ich weiß es
Aber die vor mir stehn, Gesicht zum Steinbruch
Wissen es nicht, und ich der es weiß
Habe keine andre Belehrung für ihre Unwissenheit
Als die Kugel. Ich habe den Tod ausgeteilt
Der Revolver meine dritte Hand
An die Feinde der Revolution in der Stadt Witebsk
Wissend, das tägliche Brot der Revolution
Ist der Tod ihrer Feinde, wissend, das Gras noch
Müssen wir ausreißen, damit es grün bleibt
Wissend, mit meiner Hand tötet die Revolution.
Ich weiß es nicht mehr, ich kann nicht mehr töten.
Ich nehme meine Hand aus dem Auftrag
Den die Revolution mir erteilt hat
An einem Morgen in der Stadt Witebsk
Mit der Stimme der Partei im Schlachtlärm.
Ich durchschneide die Stricke an den Händen
Unsrer Feinde, die gezeichnet sind
Mit der Spur ihrer Arbeit als meinesgleichen.
Ich sage: eure Feinde sind unsre Feinde.
Ich sage: geht zurück an eure Arbeit.
CHOR [DIE SPIELER DER DREI BAUERN]
Und sie gingen zurück an ihre Arbeit
Drei Feinde der Revolution, unbelehrt.
Als er seine Hand aus dem Auftrag nahm
Den die Revolution ihm erteilt hatte
An einem Morgen in der Stadt Witebsk
Mit der Stimme der Partei im Schlachtlärm
War sie eine Hand mehr an unsrer Kehle. /
Nämlich deine Hand ist nicht deine Hand
So wie meine Hand nicht meine Hand ist
Eh die Revolution gesiegt hat endgültig
In der Stadt Witebsk wie in andern Städten.

Nämlich die Unwissenheit kann töten
So wie der Stahl töten kann und das Fieber
Aber das Wissen genügt nicht, sondern die Unwissenheit
Muß aufhören ganz, und nicht genügt das Töten
Sondern das Töten ist eine Wissenschaft
Und muß gelernt werden, damit es aufhört
Denn das Natürliche ist nicht natürlich
Sondern das Gras müssen wir ausreißen
Und das Brot müssen wir ausspein
Bis die Revolution gesiegt hat endgültig
In der Stadt Witebsk wie in andern Städten
Damit das Gras grün bleibt und aufhört der Hunger.
Der auf sich selber besteht als sein Eigentum
Ist ein Feind der Revolution wie andre Feinde
Denn unsers gleichen ist nicht unsers gleichen
Und wir sind es nicht, die Revolution selbst
Ist nicht eins mit sich selber, sondern der Feind mit
Klaue und Zahn, Bajonett und Maschinengewehr
Schreibt in ihr lebendes Bild seine schrecklichen Züge
Und seine Wunden vernarben auf unserm Gesicht.

B

Wozu das Töten und wozu das Sterben
Wenn der Preis der Revolution die Revolution ist
Die zu Befreienden der Preis der Freiheit.

A

Das oder andres schrie er gegen den Schlachtlärm
Der zugenommen hatte und noch zunahm.
Tausend Hände an unserer Kehle war
Gegen den Zweifel an der Revolution kein
Andres Mittel als der Tod des Zweiflers.
Und ich hatte kein Auge für seine Hände
Als er vor meinem Revolver stand, Gesicht zum
    Steinbruch
Ob sie zerarbeitet waren oder nicht zerarbeitet
Aber sie waren gebunden fest mit Stricken
Und wir töteten ihn mit meiner Hand
Wissend, das tägliche Brot der Revolution
Ist der Tod ihrer Feinde, wissend, das Gras noch

müssen wir ausreißen, damit es grün bleibt.
Ich wußte es, andere tötend am andern Morgen
Und am dritten Morgen wieder andre
Und sie hatten keine Hände und kein Gesicht
Sondern das Auge, mit dem ich sie ansah
Und der Mund, mit dem ich redete zu ihnen
War der Revolver und mein Wort die Kugel
Und ich vergaß es nicht, wenn sie schrien
Wenn mein Revolver sie in den Steinbruch warf
Feinde der Revolution zu andern Feinden
Und es war eine Arbeit wie jede andere.
Ich wußte, wenn man in einen Menschen hineinschießt
Fließt Blut aus ihm wie aus allen Tieren
Wenig unterscheidet die Toten und
Nicht lang das wenige. Aber der Mensch ist kein Tier:
Am siebenten Morgen sah ich ihre Gesichter
Auf ihren Rücken die Hände, gebunden mit Stricken
Mit den Spuren ihrer verschiedenen Arbeit
Wenn sie warteten, Gesicht zum Steinbruch
Auf den Tod aus meinem Revolver, und Platz nahm
Zwischen Finger und Abzug der Zweifel, beschwerend
Mit den Getöteten von sieben Morgen
Meinen Nacken, der das Joch der Revolution trägt
Damit zerbrochen werden alle Joche
Und meine Hand, die gebunden ist an den Revolver
Mit dem Auftrag der Revolution, gegeben
An einem Morgen in der Stadt Witebsk
Mit der Stimme der Partei im Schlachtlärm
Den Tod auszuteilen an ihre Feinde
Damit das Töten aufhört, und ich sprach das Kommando
An diesem Morgen wie am ersten Morgen
TOD DEN FEINDEN DER REVOLUTION
Und teilte den Tod aus, aber meine Stimme
Sprach das Kommando wie nicht meine Stimme und
  meine Hand
Teilte den Tod aus wie nicht meine Hand
Und das Töten war ein andres Töten
Und es war eine Arbeit wie keine andere

Und am Abend sah ich mein Gesicht
Das mich ansah mit nicht meinen Augen
Aus dem Wandspiegel, der vielmal geborsten war
Bei der Beschießung der vielmal eroberten Stadt
Und in der Nacht war ich kein Mann, beschwert
Mit den Getöteten von sieben Morgen
Mein Geschlecht der Revolver, der den Tod austeilt
An die Feinde der Revolution, Gesicht zum Steinbruch.

A [CHOR]

Warum ich. Entlaßt mich aus dem Auftrag
Für den ich zu schwach bin.

CHOR

Warum dich.

A

Ich habe gekämpft an der Front des Bürgerkriegs
Der Feind hat keine Schwäche gefunden an mir
Ihr habt keine Schwäche gefunden an mir
Jetzt bin ich selber eine Schwäche
Die der Feind nicht finden darf an uns.
Ich habe den Tod ausgeteilt in der Stadt Witebsk
An die Feinde der Revolution in der Stadt Witebsk
Wissend, das tägliche Brot der Revolution
Ist der Tod ihrer Feinde, wissend, das Gras noch
Müssen wir ausreißen, damit es grün bleibt.
Ich vergaß es nicht am dritten Morgen
Und am siebenten nicht. Aber am zehnten Morgen
Weiß ich es nicht mehr. Töten und Töten
Und jeder dritte vielleicht ist nicht schuldig, der
Vor meinem Revolver steht, Gesicht zum Steinbruch.

CHOR

In diesem Kampf, der nicht aufhören wird
In der Stadt Witebsk wie in andern Städten
Als mit unserm Sieg oder Untergang
Verrichten mit zwei schwachen Händen wir jeder
Die Arbeit von zweitausend Händen, gebrochenen
Händen
Händen gebunden mit Ketten und Stricken, Händen
Abgehaun, Händen an unsrer Kehle.

Tausend Hände an unsrer Kehle haben wir
Keinen Atem, zu fragen nach Schuld oder Unschuld
Jede Hand an unsrer Kehle, oder nach Herkunft
Ob sie zerarbeitet ist oder nicht zerarbeitet
Ob das Elend sie um unsern Hals krümmt und die
Unwissenheit über die Wurzel des Elends
Oder die Furcht vor der Revolution, die es ausreißt
Mit der Wurzel. Wer bist du andrer als wir
Oder besondrer, der auf seiner Schwäche besteht.
Der ich sagt mit deinem Mund, ist ein andrer als du.
Nicht eh die Revolution gesiegt hat endgültig
In der Stadt Witebsk wie in andern Städten
Bist du dein Eigentum. Mit deiner Hand
Tötet die Revolution. Mit allen Händen
Mit denen die Revolution tötet, tötest du auch.
Deine Schwäche ist unsre Schwäche
Dein Gewissen ist die Lücke in deinem Bewußtsein
Die eine Lücke an unsrer Front ist. Wer bist du.

A

Ein Soldat der Revolution.

CHOR

Willst du also
Daß die Revolution dich entläßt aus dem Auftrag
Für den du zu schwach bist, der erfüllt werden muß
Von dem einen oder von dem andern.

A / [CHOR]

Nein. / Und das Töten ging weiter, Gesicht zum Steinbruch.
Am nächsten Morgen vor meinem Revolver ein Bauer
Wie vor ihm seinesgleichen an andern Morgen
Wie vor mir meinesgleichen vor andern Revolvern
Im Nacken Angstschweiß: vier Kämpfer der Revolution
Hat er verraten an unsern und seinen Feind
Im Nacken Angstschweiß, stehend vor andern Revolvern.
Seinesgleichen ist getötet worden
Und meinesgleichen zweitausend Jahre lang
Mit Rad Galgen Strick Halseisen Knute Katorga
Von meines Feindes gleichen, der sein Feind ist
Und mein Revolver gerichtet auf sein Genick jetzt

Ich Rad Galgen Strick Halseisen Knute Katorga
Ich vor meinem Revolver Gesicht zum Steinbruch
Ich mein Revolver gerichtet auf mein Genick.
Wissend, mit meiner Hand tötet die Revolution
Austilgend Rad Galgen Strick Halseisen Knute Katorga
Und es nicht wissend, vor meinem Revolver ein Mensch
Ich zwischen Hand und Revolver, Finger und Abzug
Ich Lücke in meinem Bewußtsein, an unsrer Front.

CHOR

Nicht Menschen zu töten ist dein Auftrag, sondern
Feinde. Nämlich der Mensch ist unbekannt.
Wir wissen, daß das Töten eine Arbeit ist
Aber der Mensch ist mehr als seine Arbeit.
Nicht eh die Revolution gesiegt hat endgültig
In der Stadt Witebsk wie in andern Städten
Werden wir wissen, was das ist, ein Mensch.
Nämlich er ist unsre Arbeit, der unbekannte
Hinter den Masken, der begrabene im Kot
Seiner Geschichte, der wirkliche unter dem Aussatz
Der lebendige in den Versteinerungen
Denn die Revolution zerreißt seine Masken, tilgt
Seinen Aussatz, wäscht aus dem steinharten Kot
Seiner Geschichte sein Bild, der Mensch, mit
Klaue und Zahn, Bajonett und Maschinengewehr
Aufstehend aus der Kette der Geschlechter
Zerreißend seine blutige Nabelschnur
Im Blitz des wirklichen Anfangs erkennend sich selber
Einer den andern nach seinem Unterschied
Mit der Wurzel gräbt aus dem Menschen den Menschen.
Was zählt ist das Beispiel, der Tod bedeutet nichts.

A

Aber im Schlachtlärm, der zugenommen hatte
Und noch zunahm, stand mit blutigen Händen ich
Soldat und Bajonett der Revolution
Und fragte mit meiner Stimme nach einer Gewißheit.

A [CHOR]

Wird das Töten aufhören, wenn die Revolution
gesiegt hat.

Wird die Revolution siegen. Wie lange noch.

CHOR

Du weißt, was wir wissen, wir wissen, was du weißt.
Die Revolution wird siegen oder der Mensch wird nicht sein
Sondern verschwinden in zunehmender Menschheit.

A

Und ich hörte meine Stimme sagen
An diesem Morgen wie an andern Morgen
TOD DEN FEINDEN DER REVOLUTION und ich sah
Ihn der ich war töten ein Etwas aus Fleisch Blut
Und andrer Materie, nicht fragend nach Schuld oder Unschuld
Nach dem Namen nicht und ob es ein Feind war
Oder kein Feind, und es bewegte sich nicht mehr
Aber er der ich war hörte nicht auf es zu töten.
Er sagte: / [CHOR] Ich habe meine Last abgeworfen
In meinem Nacken die Toten beschweren mich nicht mehr
Ein Mensch ist etwas, in das man hineinschießt
Bis der Mensch aufsteht aus den Trümmern des Menschen. /
Und als er geschossen hatte wieder und wieder
Durch die aufplatzende Haut in das blutige
Fleisch, auf splitternde Knochen, stimmte er
Mit den Füßen ab gegen den Leichnam.

A [CHOR]

Ich nehme unter den Stiefel was ich getötet habe
Ich tanze auf meinem Toten mit stampfendem Tanzschritt
Mir nicht genügt es zu töten, was sterben muß
Damit die Revolution siegt und aufhört das Töten
Sondern es soll nicht mehr da sein und ganz nichts
Und verschwunden vom Gesicht der Erde
Für die Kommenden ein reiner Tisch.

CHOR

Wir hörten sein Brüllen und sahen was er getan hatte
Nicht mit unserm Auftrag, und er hörte nicht auf zu schrein

Mit der Stimme des Menschen der den Menschen frißt.
Da wußten wir, daß seine Arbeit ihn aufgebraucht hatte
Und seine Zeit war abgelaufen und führten ihn weg
Einen Feind der Revolution wie andre Feinde
Und nicht wie andre, sondern sein eigener Feind auch
Wissend, das tägliche Brot der Revolution
Ist der Tod ihrer Feinde, wissend, das Gras noch
Müssen wir ausreißen, damit es grün bleibt.
Aber er hatte seine Last abgeworfen
Die zu tragende bis die Revolution gesiegt hat
In seinem Nacken die Toten beschwerten ihn nicht mehr
Die beschwerlichen bis die Revolution gesiegt hat
Sondern seine Last war seine Beute
Also die Revolution hatte für ihn keinen Platz mehr
Und er selber hatte für sich keinen Platz mehr
Als vor den Gewehrläufen der Revolution.

A

Nicht eh sie mich wegnahmen von meiner Arbeit
Und nahmen aus meiner Hand den Revolver weg
Und meine Finger krümmten sich noch wie um die Waffe
Verschieden von mir, sah ich was ich getan hatte
Und nicht eh sie mich wegführten hörte ich
Meine Stimme und wieder den Schlachtlärm
Der zugenommen hatte und noch zunahm.

A [CHOR]

Mich aber führen meinesgleichen zur Wand jetzt
Und ich der es begreift, begreife es nicht.
Warum.

CHOR

Du weißt was wir wissen, wir wissen was du weißt.
Deine Arbeit war blutig und wie keine andere
Aber sie muß getan werden wie andre Arbeit
Von dem einen oder von dem andern.

A

Ich habe meine Arbeit getan. Seht meine Hand.

CHOR

Wir sehen, daß deine Hand blutig ist.

A

Wie nicht.
Und lauter als der Schlachtlärm war das Schweigen
In der Stadt Witebsk einen Augenblick lang
Und länger als mein Leben war der Augenblick.
Ich bin ein Mensch. Der Mensch ist keine Maschine.
Töten und töten, der gleiche nach jedem Tod
Konnte ich nicht. Gebt mir den Schlaf der Maschine.

CHOR

Nicht eh die Revolution gesiegt hat endgültig
In der Stadt Witebsk wie in andern Städten
Werden wir wissen, was das ist, ein Mensch.

A

Ich will es wissen jetzt und hier. Ich frage
An diesem Morgen in der Stadt Witebsk
Mit blutigen Stiefeln auf meinem letzten Weg
Der zum Sterben geführt wird, der keine Zeit hat
Mit meinem letzten Atem jetzt und hier
Frage ich die Revolution nach dem Menschen.

CHOR

Du fragst zu früh. Wir können dir nicht helfen.
Und deine Frage hilft der Revolution nicht.
Hör den Schlachtlärm.

A

Ich habe nur eine Zeit.
Hinter dem Schlachtlärm wie ein schwarzer Schnee
Wartet auf mich das Schweigen.

CHOR

Du stirbst nur einen Tod
Aber die Revolution stirbt viele Tode.
Die Revolution hat viele Zeiten, keine
Zu viel. Der Mensch ist mehr als seine Arbeit
Oder er wird nicht sein. Du bist nicht mehr
Sondern deine Arbeit hat dich aufgebraucht
Du mußt verschwinden vom Gesicht der Erde.
Das Blut, mit dem du befleckt hast deine Hand
Als sie eine Hand der Revolution war
Muß abgewaschen werden mit deinem Blut

Vom Namen der Revolution, die jede Hand braucht
Aber deine Hand nicht mehr.

A

Ich habe getötet
Mit eurem Auftrag.

CHOR

Und nicht mit unserm Auftrag.
Zwischen Finger und Abzug der Augenblick
War deine Zeit und unsre. Zwischen Hand und
Revolver die Spanne
War dein Platz in der Front der Revolution
Aber als deine Hand eins wurde mit dem Revolver
Und du wurdest eins mit deiner Arbeit
Und hattest kein Bewußtsein mehr von ihr
Daß sie getan werden muß hier und heute
Damit sie nicht mehr getan werden muß und von
keinem
War dein Platz in unsrer Front eine Lücke
Und für dich kein Platz mehr in unsrer Front.
Schrecklich ist die Gewohnheit, tödlich das Leichte
Mit vielen Wurzeln in uns haust das Vergangene
Das auszureißende mit allen Wurzeln
In unsrer Schwäche stehn die Toten auf
Die zu begrabenden wieder und wieder
Uns selber müssen wir aufgeben jeder eine
Aber einer den andern dürfen wir nicht aufgeben.
Du bist der eine und du bist der andre
Den zu zerfleischt hast unter deinem Stiefel
Der dich zerfleischt hat unter deinem Stiefel
Du hast dich aufgegeben einer den andern
Die Revolution gibt dich nicht auf. Lern sterben.
Was du lernst, vermehrt unsre Erfahrung.
Stirb lernend. Gib die Revolution nicht auf.

A

Ich weigere mich. Ich nehme meinen Tod nicht an.
Mein Leben gehört mir.

CHOR

Das Nichts ist dein Eigentum.

A [CHOR]
Ich will nicht sterben. Ich werfe mich auf den Boden.
Ich halte mich an der Erde fest mit allen Händen
Ich beiße mich mit den Zähnen fest in der Erde
Die ich nicht verlassen will. Ich schreie.
CHOR [A]
Wir wissen, daß das Sterben eine Arbeit ist.
Deine Angst gehört dir.
A [CHOR]
Was kommt hinter dem Tod.
CHOR [A]
Fragte er noch und stand schon auf vom Boden
Nicht mehr schreiend, und wir antworteten ihm:
Du weißt was wir wissen, wir wissen was du weißt
Und deine Frage hilft nicht der Revolution.
Wenn das Leben eine Antwort sein wird
Mag sie erlaubt sein. Aber die Revolution braucht
Dein Ja zu deinem Tod. Und er fragte nicht mehr
Sondern ging zur Wand und sprach das Kommando
Wissend, das tägliche Brot der Revolution
Ist der Tod ihrer Feinde, wissend, das Gras noch
Müssen wir ausreißen, damit es grün bleibt.
A [CHOR]
TOD DEN FEINDEN DER REVOLUTION.

Anmerkung

MAUSER, geschrieben 1970 als drittes Stück einer Versuchsreihe, deren erstes PHILOKTET, das zweite DER HORATIER, setzt voraus/kritisiert Brechts Lehrstücktheorie und Praxis. MAUSER, Variation auf ein Thema aus Scholochows Roman DER STILLE DON, ist kein Repertoirestück; der Extremfall nicht Gegenstand, sondern Beispiel, an dem das aufzusprengende Kontinuum der Normalität demonstriert wird; der Tod, auf dessen Verklärung in der Tragödie bzw. Verdrängung in der Komödie das Theater der Individuen basiert, eine Funktion des Lebens, das als Produktion gefaßt wird, eine Arbeit unter anderen, vom Kollektiv organisiert und das Kollektiv organisierend. DAMIT ETWAS KOMMT MUSS ETWAS GEHEN DIE ERSTE GESTALT DER HOFFNUNG IST DIE FURCHT

DIE ERSTE ERSCHEINUNG DES NEUEN DER SCHRECKEN. Aufführung vor Publikum ist möglich, wenn dem Publikum ermöglicht wird, das Spiel am Text zu kontrollieren und den Text am Spiel, durch Mitlesen der Chorpartie, oder der Partie des ersten Spielers (A), oder der Chorpartie durch eine Zuschauergruppe und der Partie des ersten Spielers durch eine andere Zuschauergruppe, wobei das nicht Mitzulesende im Textbuch unkenntlich gemacht ist, oder andere Maßnahmen; wenn die Reaktion des Publikums kontrolliert werden durch Asynchronität von Text und Spiel, Nichtidentität von Sprecher und Spieler. Die vorgegebene Textaufteilung ist ein variables Schema, Art und Grad der Varianten eine politische Entscheidung, die von Fall zu Fall getroffen werden muß. Beispiele für mögliche Varianten: Der Chor stellt dem ersten Spieler für bestimmte Partien einen Darsteller des ersten Spielers (A 1) zur Verfügung; alle Chorspieler, nacheinander oder gleichzeitig, stellen den ersten Spieler dar; der erste Spieler übernimmt während A 1 ihn darstellt, bestimmte Chorpartien. Kein Spieler kann einen andern durchgängig vertreten. Erfahrungen sind nur kollektiv tradierbar; das Training der (individuellen) Fähigkeit, Erfahrungen zu machen, ist eine Funktion des Spiels. Der zweite Spieler (B) wird von einem Chorspieler dargestellt, der nach seiner Tötung seinen Platz im Chor wieder einnimmt. Theatermittel sollten nur offen eingesetzt werden; Requisiten, Kostümteile, Masken, Schminktöpfe usw. auf der Bühne. Die Stadt Witebsk steht für alle Orte, an denen eine Revolution gezwungen war ist sein wird, ihre Feinde zu töten.

MATERIAL

PHILOKTET

Nordost

In der Nacht, am 28., wurde Schramm verhaftet und in derselben Nacht noch in die Bezirkszentrale geschickt. In derselben Nacht wurden auch unter den Spezialisten des Volkswirtschaftsrates und der Fabrikleitung eine große Anzahl Verhaftungen vorgenommen. Und am 30. herrschte große Aufregung unter den Parteiarbeitern. Schidki wurde zur Verfügung des Kreisbüros des ZK abberufen, Badjin zum Vorsitzenden des Bezirksvolkswirtschaftsrates ernannt, der Vorsitzende der Tscheka, Tschibis, wurde irgendwohin, sehr weit ins Innere Sibiriens versetzt.
Diese Ereignisse erwartete man schon lange: Man sprach darüber in leisen Unterhaltungen, erzählte einander von dumpfen Gerüchten und war sehr aufgeregt. Man wußte – was sein wird, und jeder neue Tag war mit dumpfen Erwartungen getränkt. Aber all diese Geschehnisse erschütterten trotzdem durch ihre Plötzlichkeit und dadurch, daß sie Wirklichkeit wurden.
[...]

Geprüft:
Iwagin, Sergej Iwanowitsch.
Mitglied der RKP (B.) seit 1920.
Parteibuch Nr. . . . . .
Gewesener Menschewik, Intellektueller.

Beschluß:
Aus der Partei als typischer intellektueller Menschewik
und die Parteiorganisation zersetzend – auszuschließen.

[...] Was sind die Fragen und Gedanken, die sein Hirn quälen? Nichts als das Aufstoßen einer verfluchten Vergangenheit. Alles das ist – vom Vater, aus der Jugend, aus der Intellektuellenromantik. Alles das muß ausgemerzt werden, ausgemerzt bis zu den tiefsten Wurzeln. All diese kranken Zellen im Hirn müssen getötet werden. Es gibt nur eines – die Partei, und alles bis zum letzten Blutstropfen muß der Partei gegeben werden. Ob die Partei ihn wieder aufnimmt oder nicht – ändert nichts an der Sache: Er, Sergej Iwagin, als Einzelwesen – existiert nicht. Nur die Partei existiert – und er – ist nur ein winziges Teilchen in ihrem gewaltigen Organismus.

[...]

Glebs Gesicht füllte sich mit Blut, und die Augen wurden naß. Er stampfte mit dem Fuß und trat von Badjin zurück.

»Ich bitte, mir nichts vorzuschreiben, Genosse Vorsitzender des Exekutivkomitees. Ich sage noch einmal: Diese eure Jagd nach Ehren muß mit glühendem Eisen ausgebrannt werden. Wenn wir alles auf Geklimper aufbauen und die Zeit mit leerem Geschwätz ausfüllen, dann wird es schön bei uns ausschauen, zum Teufel. Ich habe dagegen gesprochen und werde auch weiter gegen die Vorschläge der Genossen Badjin und Luchawa sprechen. Wenn du, Genosse Badjin, solche Sachen brauchst, schön, bescheinigt ihm sein Heldentum der Arbeit in seinem Parteibuch: mag er mit dieser neuen Auszeichnung nur fortfahren, herumzukommandieren.«

Schidki klopfte mit dem Bleistift auf den Tisch und blähte seine Nasenflügel weit auf, wie um ein Lachen zu unterdrücken, das ihm die Lunge zerriß.

»Schluß, Schluß, Genossen! Zur Ordnung!«

[...]

Sergej stand und konnte seine Blicke von dem Säugling nicht losreißen. Vorübergehende blieben neugierig neben ihm stehen, sahen die Säuglingsleiche an und gingen rasch weiter. Sie brummten, fragten Sergej etwas, aber er hörte nichts und wußte nicht, wer zu ihm sprach. Er stand und sah ohne Gedanken, schmerzerfüllt, taub, mit einem großen Erstaunen und Leid in den Augen die kleine Leiche an und fühlte, wie ein unverständlicher, niederdrückender Schmerz abgrundtief in seinem Herzen tobte. Und er hörte seine eigenen Worte nicht, hörte nicht, wie er laut, ohne Teilnahme seines Bewußtseins, zu sich selber sprach:

»Nun ... ja ... Es muß so sein ... das ist es eben ...«

(Aus: Fjodor Gladkow, Zement. Zitiert nach Fjodor Gladkow/Heiner Müller, Zement. Hg. Fritz Mierau. Leipzig 1975)

Drei Punkte

1

Die Handlung ist Modell, nicht Historie. Haltungen zu zeigen, nicht Bedeutungen. Jeder Vorgang zitiert andere, gleiche, ähnliche Vorgänge in der Geschichte, soweit sie nach dem Philoktet-Modell gemacht wurde und wird. Der Kessel von Stalingrad zitiert Etzels Saal. (Im Rückblick auf beide Ereignisse mag die Umkehrung einsichtiger sein.) Die Reflektion der Vorgänge durch die Figuren, gedanklich und emotionell, hat ebenfalls Zitatcharakter. Der Zitatgestus darf Intensität und Spontaneität der Reaktionen nicht schmälern. Einfühlung im Detail bei Verfremdung des Ganzen. Die deutschen Soldaten haben im Kessel von Stalingrad die Lektion der Nibelungen nicht gelernt. Die wiederholte Einmaligkeit muß mit zitiert werden. Erst wenn das Modell geändert wird, kann aus der Geschichte gelernt werden.

2
Das Philoktet-Modell wird bestimmt von der Klassenstruktur der abgebildeten Gesellschaft (die Armee als Funktion des Feldherrn, eine Beziehung, die aus der Dialektik nur ideologisch herausgehalten werden kann: sie ist, durch Umkehrung, aufhebbar) und von der Eigentumsform (die Waffen, als Privatbesitz, sind Handlungselemente, keine Requisiten).

3
Der Ablauf ist zwangsläufig nur, wenn das System nicht in Frage gestellt wird. Komik in der Darstellung provoziert die Diskussion seiner Voraussetzungen. Nur der Clown stellt den Zirkus in Frage. Philoktet, Odysseus, Neoptolemos: drei Clowns und Gladiatoren ihrer Weltanschauung.

(Heiner Müller)

DER HORATIER

In einem Filmbericht des WDR, gesendet im Oktober 1972, protokollierten Martin Wiebel, Peter Kaiser und Dieter Sender die Erarbeitung des Stückes »Der Horatier« durch die Mitglieder des Billstedter Schüler- und Lehrlingstheaters (Hamburg) unter Leitung von Jörn Tiedemann. Der Film protokolliert den Entwicklungsprozeß der Gruppe durch die Probenarbeit und die Zweifel bei der Arbeit.

Zweifel am Widerspruch

Kommentar: *Von Anfang an war die Auseinandersetzung mit dem Stück eine Auseinandersetzung mit dem Problem der Vermittlung, das sich aus Schwierigkeiten des Verständnisses ergab. Der Haupt-*

widerspruch des Stückes wurde nicht akzeptiert, weil er für die Jugendlichen moralisch nicht nachvollziehbar und politisch nicht einsehbar war. Um den Widerspruch zu erhalten und zu ihrem eigenen zu machen, wurde die Dialektik der Tötung des Kuriatiers verändert, damit überhaupt ein Weg für die weitere Auseinandersetzung möglich war. Durch diese Änderung waren politische Einsichten erst möglich und moralische Fragen traten zurück, ohne daß jemals die neue Lösung eine fraglose wurde. Der Zweifel, auch an der eigenen Lösung, blieb. Er setzte sich fort bis zu den letzten Proben und sollte das Charakteristikum der gesamten Produktion werden.
Und sie kämpften zwischen den Schlachtreihen.
Geste. Jetzt.
Die Bedingung des Sieges ist die Tötung des Feindes.
Wir haben das ja geändert, weil wir eben ganz klar den Konflikt aufzeigen wollten, der im Volk besteht. Das Volk beurteilt den Mord als Sieg, den andern als Mord, und deshalb haben wir's geändert, um diese erste Tötung als gerechtfertigt zu beurteilen. Deshalb haben wir gesagt: Die Bedingung des Sieges ist die Tötung des Feindes. Und deshalb haben wir's geändert, weil es nämlich zwei verschiedene Sachen sind. Einmal tötet er den Kuriatier, weil's eben die Bedingung ist, und zum zweiten Mal tötet er die Schwester, wir haben das dargestellt so, er ist in som Tötungswahn – obwohl ich das gar nicht so recht akzeptiere.
Wenn wir jetzt noch hinzusetzen, daß er im ersten Fall dazu auserwählt und bestimmt ist, einen Zweikampf um Herrschaft durchzuführen, sein Volk, sein Heer vertreten als Einzelner, dann übernimmt er mit diesem Auftrag auch die Aufgabe, den Feind zu töten. Im zweiten Fall ist er durch niemanden aufgerufen worden, die Tötung vorzunehmen. Er hat sich selbst sozusagen als Richter aufgespielt und erschlägt die Schwester. Aber ich glaube, wir müssen begreifen, Uwe, daß du das erste Mal im Auftrage tötest, im Auftrage des Volkes. Das zweite Mal nur in deinem Auftrag. Und darin besteht dein Vergehen.
Die Erkenntnis, die man aus diesem Stück gewinnen kann oder sollte, die ist ja die, daß man – so steht das auch am Schluß – einen politisch Handelnden immer beurteilen soll nach seinen Verdiensten und nach seinen Fehlern. Man soll beides sehen. Und das kommt eben nicht raus. Wenn wir den Horatier gleich am Anfang brutal handeln lassen und sagen: Ja, das ist so und so, ein unberechtigter Mord, er ist von Anfang an irgendwie aggressiv oder so was, wie wir's grade benennen wollen, dann kommt dieser Konflikt nicht raus im Volk. Das Volk beurteilt das ja verschieden. Den einen Mord sieht es an als Sieg und den andern Mord sieht es an als ... ja, das ist'n Mörder.
Als Verbrechen.

Ja, ist'n Verbrechen. Und wenn wir das eben beides auf die gleiche Stufe setzen, dann wäre der Konflikt in diesem Volk ... in dem Volk nicht vorhanden.

Ja.

Deshalb ist es notwendig, eben diesen Satz hinzuzufügen: Die Bedingung des Sieges ist die Tötung des Feindes. Sonst wär's unberechtigt. Sonst würde sich dieser Streit auch innerhalb des Volkes überhaupt nicht ergeben.

Und sie kämpften zwischen den Schlachtreihen.

Die Bedingungen des Siegers ist die Tötung des Feindes.

Und der Horatier verwundete den Kuriatier.

Und der Kuriatier sagte mit schwindender Stimme:

Schone mich Besiegten. Ich bin mit deiner Schwester verlobt.

Und der Horatier schrie: Die Bedingung des Sieges ist die Tötung des Feindes. Meine Braut ist das Gesetz. Ich muß dich töten.

Und der Horatier erschlug den Kuriatier. Er verblutete.

Da haben wir doch in den Text eingegriffen. Inwieweit? Vielleicht müßt ich noch genauer fragen: Wie hast du denn die Stelle vorher verstanden?

Er hat ihn auf unfaire Weise getötet. Der hat gefleht, und denn sagt er zum Beispiel im ersten Text: Meine Braut heißt Rom, und jetzt heißt es: Meine Braut heißt das Gesetz, also daß der Horatier verpflichtet ist, den Kuriatier zu töten.

Ja.

Das Gesetz müßte ja nun eigentlich lauten: Derjenige, der unten liegt, der hat verloren.

Aber dann ist in dem Stück ja wieder kein Widerspruch drin. Das heißt ja auf der letzten Seite – ich weiß nicht mehr genau, wo das war ...

Der Widerspruch besteht ...

... So hatte das Volk gelernt, Schuld und Verdienst nebeneinander zu stellen. Einmal seine Schuld ist ja die Tötung an seiner Schwester, also den Mord, und sein Verdienst ist ja nun also ...

Daß er gesiegt hat.

... daß er eben den Kuriatier besiegt hat. Und deswegen muß er den also so gesagt töten, auch wenn das keine Notwendigkeit wär.

So, ich mein, er hätte ja auch schon gesiegt, wenn das Gesetz zum Beispiel geheißen hätte: Wenn du ihn am Boden hast oder – wie das beim Catchen ist – auf'm Rücken, dann hat er verloren.

Ja, natürlich.

Nicht, also wird der Widerspruch erhalten. Eben die Tötung der Schwester ist ja der Widerspruch.

Nee, das ist eine Tat. Die Tötung der Schwester ist noch kein Widerspruch.

Ich mein ...

Das ist eine Tat. Und dieser Tat entgegen muß eine andre Tat stehn.
Ach so.
Guck mal, wenn er den Kuriatier nicht töten würde, dann würde die Schwester auch nicht sagen: Rom, gib mir wieder, was in diesem Kleid war, und dann würde der Horatier ja auch nicht seine Schwester töten. Denn seine Schwester stellt sich ja in dem Augenblick gegen Rom, so gesagt, indem sie sagt: Was hast du gemacht? Wieso hast du meinen Verlobten getötet? Dann würde der Horatier die Schwester ja gar nicht töten brauchen.
Beim ersten Mal stellt sich die Schwester doch nicht gegen Rom. Da ist sie ja doch noch gegen ihren Bruder.
Naja, überhaupt.
Und damit ist sie gegen ...
Das ganze Gesetz. Damit ist sie gegen Rom, gegen ... Wenn sie gegen den Horatier ist, ist sie gegen ganz Rom, denn der Horatier kämpft ja als einziger für Rom.
Und zwar im Auftrag.
Und zwar im Auftrag von dem Gesetz.
Karsten sagt ja nicht unberechtigt, wir reden von einem Gesetz, und wir tun so, wie wenn dieses Gesetz ohne Diskussion übernommen werden müßte. Das heißt, wir tun so, wie wenn dieses Gesetz in Ordnung ist. Dieses Gesetz bestimmt: Der Feind muß im Zweikampf getötet werden, wenn der Auftrag Roms, der Auftrag des Volkes vorliegt. Diesem Gesetz entspricht der Horatier, wenn er seinen Gegner tötet. Das besagt aber doch noch lange nicht, daß wir nun auch dieses Gesetz es sozusagen diskussionslos annehmen müssen.
Das tut das Volk ja auch nicht. Das Volk, das ...
Das steht ja am Ende auch, daß es eben an seine Arbeit wieder ging, daß es dieses Gesetz aber überdachte.
Kannst die Stelle mal vorlesen?
Ja. In der Bedrohung durch den übermächtigen Feind gab es ein Beispiel, ein vorläufiges vielleicht, nicht verbergend den Rest, der nicht aufging. Dann ging jeder an seine Arbeit wieder, überdenkend das Getane und die Gesetze, neben der Maschine, neben dem Band das Gewehr in Erwartung des gemeinsamen Feindes. Das find ich auch grade das Wichtige. Carlo sagt: Ja, sie hätten ja auch das Gesetz abschaffen können.
Ja.
Aber das hätten sie in diesem Moment hier nicht tun können, weil sie ja eben grade den mächtigen Feind erwarten, nämlich die Etrusker. Und in solchen Situationen ist es ja nun nicht grade möglich, 'n Gesetz abzuschaffen. Dann muß man sich eben erstmal dran halten und kann es hinterher dann eben, wie es das Volk tut, überdenken und diskutieren, ob es nicht vielleicht durch'n besseres Gesetz abgeschafft werden könnte ..

Ja, da müßte mehr Bewegung reinkommen.
Gerede ...
Nee, aber in solcher Situation, da müssen sie sich doch anders bewegen, aufgeregter bewegen usw. und nicht einfach so da rumstehen und kämpfen sie halt, ist gut.
Ja, zum Beispiel das, wenn Detlef oder Uwe jetzt die Waffe aus der Hand nimmt, das Gewehr, jetzt greift er erstmal hoch, dann holt er sie so runter, holt er sie noch'n Stück, dann nimmt er sie aus der Hand und denn schmeißt er sie erst weg. Da fehlt nur noch, daß alles ... alles wie auf Befehl.
Ich find das besser, wenn er sie nur nimmt und denn wegschmeißt.
Ja, das kommt, Uwe hält den Arm ja noch ziemlich hoch.
Ja, guck mal, das geht einfach nur so: Zack, nimmt er raus, nimmt er weg ... zack, zack.
Alles zu programmiert.
Gerede ...
Das meint Heiner Müller wohl auch damit, daß wir uns ziemlich viel Spielsituationen verbaut haben, glaub ich. Denn ich weiß auch nicht, ich finde selber ... ich find es auch nicht so gut. Ich find das ziemlich steril irgendwie das ganze Stück. Langweilig.
Uwe, wie stellst du dir das vor? Sollen wir jetzt, wenn du nach Hause kommst, irgendwie mit dem Sieg über den Kuriatier, sollen wir denn hochspringen: Hoho, er hat gewonnen, oho, oho.
Gerede ...
... dumm und primitiv, du.
Ja, ich finde, daß wir das Publikum denn viel zu sehr davon ablenken, wenn wir viel zu viel Handlung da reinbringen. Dann hören die nicht mehr auf das Stück, nicht.
Das muß doch ein bißchen ...
Ja, außerdem beleben wir das Stück doch durch die Zwischentexte usw. Was wir da zwischendrin machen. Oder machen wollen.
Das wirkt ... Dann können wir genauso gut diese komischen Mützen da aufsetzen, die S ... da gemacht hat, dann kann man gleich all son Scheiß da reinbringen.
Ja, vor allen Dingen, wenn wir dann ganz spitzfindig sein wollen, müssen wir uns auch klar sein zum Beispiel darüber, daß natürlich 'n Mensch nicht unbedingt mit einem Kolbenschlag gleich getötet wird. Dann mußt du richtig gründlich vorgehen und das Gehirn zerstampfen. Was bringt das allen? Ich weiß es nicht.
Gelächter ...
... ich weiß nicht, was das bringt.
Gerede ...
Wir haben 'ne Aussage zu machen, so knapp wie möglich und so

ökonomisch wie möglich. Und wenn wir die gemacht haben, ist's gut. Weißt du, wir reden im Grunde genommen jetzt wirklich um das bürgerliche Theater. Das bürgerliche Theater spielt so, wie ihr's wollt. Und in der ›Mutter‹ spielen wir das eben nicht. Ja, ja, das ist genau richtig. Weißt du, die wollen eben Lebendigkeit und Beweglichkeit und möglichst echtes Leben auf der Bühne und realistische Szenen und all son Scheiß. Und dabei vergißt du dann die Aussage des Stückes. Als Zuschauer. Wenn du 'ne Bewegung vor dir siehst, das kannst du nicht ... wenn du was Starres siehst, dann drehst du dich auf dem Block und auf dem Block und auf dem Block.

Gerede ...

Wenn du das siehst, das ist doch was Ungewohntes für dich. Und was ungewohnt ist für dich, irgendwie reizt das doch einen. Wenn du so ne Bewegung siehst oder so ... so ... so, wenn alle durcheinanderlaufen, das bringt doch nichts.

Gerede ...

Da bin ich ... da bin ich denn andrer Meinung. Ich würd auch sagen so wie Uwe Winter, daß, wenn da mehr Bewegung drin ist, daß sie sich darauf mehr konzentrieren würden als wie jetzt Carlo sagt, wenn da jetzt so drei Blöcke jetzt stehn, und die stehn ganz still. Und sagen nur den Text.

Das kommt ... auf die Bewegung drauf an.

Da würden sie sich eher bei langweilen.

Och.

Das kommt doch auf das drauf an, was wir aussagen wollen. Wir wollen die Leute doch nicht fesseln durch unsere Bewegungen, sondern durch unsere Aussage.

Ja, die Aussage, die hören sie doch nur, wenn wir sie fesseln ...

Kommentar: *Der Umgang mit Zweifeln und Widersprüchen ist sicherlich die nachwirksamste Erfahrung der Gruppe bei dieser Produktion.*

Wir wollten jetzt vor jeder Szene einen Zwischentext machen, jede Szene noch mehr zu erklären. Aber nicht, daß wir das so erklären, daß da einmal Rom ist und einmal Alba und einmal die Etrusker, sondern daß wir das in einem politischen Thema erklären.

Wir haben uns das ja so gedacht, daß wir den Text an für sich so hinstellen, ohne irgendwie zu sagen, das bezieht sich jetzt auf den Horatier-Text, also so außen vor praktisch lassen.

Wir spielen das Stück DER HORATIER von Heiner Müller. Der Horatier ist ein Arbeiter, der als Soldat im römischen Heer kämpft. Wir berichten euch von einem Streit um Herrschaft zwischen zwei Städten eines Landes. Zwischen ihnen besteht die Gefahr des Bruderkampfes zu ungünstiger Zeit, denn bedroht wird das Land von einem übermächtigen Feind. Die Art des Streites ist nicht benannt. Mit den Proben wurde es nötig, den Kampf um Herrschaft zu benennen. Für uns geht es in diesem Streit um einen ideologischen Anspruch, und zwar in einem sozialistischen Land. Die Nationalisten und die Kommunisten stehen sich gegenüber. Bedroht werden beide und damit die sozialistischen Errungenschaften vom Kapitalismus. Unter dieser gewaltigen Bedrohung verhalten sich die Uneinigen ökonomisch. Sie schicken nicht Heer gegen Heer, sondern Mann gegen Mann. Indem sie sich nicht so zerfleischen, daß der Gegner sie schwach findet, fallen sie nicht mehr nach dem Gebot des Schlächters wie das Schlachtvieh.

Erste Szene

Weißt du, ich find es ganz gut, wenn wir da noch'n Adjektiv einsetzen können ... Der Horatier ist ein römischer Arbeiter, der in seinem Heer kämpft. Und ich finde dann römisch besser vorher. Können wir da noch vor Arbeiter ein Eigenschaftswort einsetzen? Fällt euch was ein?

Gerede ...

Musterarbeiter order irgend so was.

Nee, das ist doch kein Eigenschaftswort.

Wieso denn? Natürlich ist das ne Eigenschaft, ob du bewußt bist oder nicht.

Ach, bewußt. Ich verstand Musterarbeiter. Ich verstand, ist ein Musterarbeiter.

'N Musterarbeiter?

Ja, bewußt find ich gar nicht schlecht. Ist ein bewußter Arbeiter, der als Soldat im römischen Heer kämpft. Das find ich ganz gut. Wir berichten euch von einem Streit um Herrschaft. Wir berichten euch von diesem Streit. Findste das nicht besser?

Von diesem Streit? Wieso?

Von diesem Streit, in dem er kämpft. Wir haben immer gesagt, er kämpft.

In einem Streit?

Der Horatier ist ein bewußter Arbeiter, der als Soldat im römischen Heer kämpft. Damit ist ja der Streit angesagt.

Nee.

Doch. Wenn er kämpft, ja. Sonst hätt ich geschrieben: dient. Er kämpft ja.

Ja, ja. Aber ich find das trotzdem nicht gut. Weil man den vorher noch nicht angesagt hat weiter, den Streit.

Gut. Wir berichten euch von einem Streit um Herrschaft ... Warum kann hier nicht Ruhe sein? Wir berichten euch von einem Streit um Herrschaft zwischen zwei Städten eines Landes. Ist, glaub ich, besser als zwischen zwei Städten in einem Land. Oder findest du nicht?

Ich find das an für sich besser zu sprechen, das andere.

Wenn ich das also ...
Ja, denn ist gut, denn veränder das wieder.
Noch einmal, ich bin nach wie vor damit einverstanden, daß ihr aus meinem Text etwas für euch macht. Wir brauchten weniger zu diskutieren, wenn ich gesehen hätte, wie ihr es macht. Daß wir über die Mittel zum gemeinsamen Zweck verschiedene Meinungen haben, ist schon aus geographischen – wieder in Anführungsstrichen – *Gründen natürlich.* Er wird da sehr wahrscheinlich meinen, daß sich bestimmte Unterschiede daraus ergeben, daß wir die Horatier in der Bundesrepublik machen und er sie in der DDR geschrieben hat. Ich ... sag mal, seid ihr verrückt oder was?
Gerede ...
Ich finde es langweilig, wenn wir unsere Meinungsverschiedenheiten mit dem Mantel der sozialdemokratischen Nächstenliebe zudecken würden. Aus der Tatsache – also noch'n Angriff gegen die Sozialdemokraten, aus ganz andrer Richtung – *aus der Tatsache, daß ihr eure Arbeit in der BRD macht und ich meine Arbeit in der DDR mache, ergeben sich politische Notwendigkeiten, über die wir uns – davon bin ich überzeugt – einigen werden. Ich freue mich darauf, eure Arbeit zu sehen. Mit herzlichem Gruß an euch alle, Heiner Müller.*
Wir waren ja da bei Heiner Müller gewesen, und er hatte noch'n Freund bei sich. Ich weiß nicht genau, was das für einer war. Mit denen haben wir diskutiert. Und meiner Meinung nach hat dieses Gespräch nicht allzuviel gebracht, nicht soviel wie beim ersten Mal. Beim ersten Mal haben wir mehr Neues erfahren oder so, haben uns auch besser unterhalten über.
Und der Gegensatz zu Heiner Müller ist ja noch aus einem ganz bestimmten Punkt entstanden. Und das war doch der Punkt, daß Heiner Müller uns beim ersten Besuch eigentlich legitimiert, das heißt uns also die Erlaubnis gegeben hatte, das Stück als Arbeitsgrundlage zu benutzen und das Stück zu verändern, so wie wir es für richtig halten, so daß wir dann aus dem Stück einen Arbeitsgegenstand machen, der für uns etwas bedeutet und mit dem wir etwas aussagen wollen. Und wir haben beim zweiten Besuch erfahren, daß er zwar grundsätzlich einverstanden ist mit der Veränderung seines Stückes, daß aber diese Veränderung, die wir vorgenommen haben, für ihn nicht die richtige ist. Und da hat er uns ganz konkrete Vorwürfe gemacht. Da hat er uns einmal den Vorwurf gemacht, daß wir uns um bestimmte Spielmöglichkeiten gebracht hätten, dadurch, daß wir also die ganze Geschichte mit den Liktoren und Verteilen des Ordens und des Rutenbündels usw., daß wir das weggelassen haben, daß wir also bestimmte Spielmöglichkeiten einfach rausgenommen haben. Den Vorwurf hat er uns gemacht. Dann hat er uns den Vorwurf gemacht, daß wir das Stück

vereinfacht hätten, simplifiziert, hat er gesagt, also zu sehr vereinfacht und drittens, daß wir in diesem Stück mit der Rolle, die wir dem Volk übertragen haben, eine Gesellschaft konstruiert hätten, die es gar nicht gibt. Das heißt, er hat uns nicht einfach nur gesagt, Holger, das wäre zu leicht, hat er nicht einfach nur gesagt: Das ist Blödsinn, was ihr da gemacht habt, sondern er hat das durchaus begründet, was er falsch findet. Er hat das auch sehr sachlich begründet, hat das erklären können, was er falsch findet, und das im Endeffekt damit erklärt, daß wir eben unter der Gesellschaftsordnung, unter der wir hier leben, das Spiel eventuell so gestalten mußten, wie wir's getan haben. Hat uns damit auch wieder die Berechtigung gegeben, das Stück so stehn zu lassen, wie wir's verändert haben. Hat sich selbst aber nicht entmündigt und hat gesagt: Trotzdem bleibe ich bei meiner Kritik. Ich finde, das ist ne Möglichkeit. Denn da es für uns natürlich schwer zu begreifen war, daß wir einmal die Erlaubnis kriegten, es zu verändern, und als wir's gemacht haben, war's nicht richtig. Aber ich finde, die Kritik müssen wir uns schon gefallen lassen.

MAUSER

»[. . .] Ich habe viele, viele Jahre in Hotelhallen verbracht, in Foyers und Bars, auf Veranden und Terrassen und in den schmucken Hotelgärten der ganzen Welt. Ich habe alle von meiner Familie überlebt. Und ich werde mein nutzloses und wißbegieriges Dasein weiterführen, bis der Tag kommt, an dem man mich auf einer Bahre in das schöne, luftige Eckzimmer eines Krankenhauses bringt. Dann werden mir gestärkte weiße Drachen zu Diensten stehen. Man wird mir das Bett hochkurbeln und wieder herunterkurbeln. Tabletts mit diesem schrecklich lieblosen Krankenhausessen werden hereinkommen. In kurzen Abständen werden Puls und Temperatur gemessen werden, unweigerlich immer dann, wenn ich gerade am Einschlafen bin. Ich werde daliegen und das Rascheln von gestärkten Röcken hören und das Geräusch von Gummischuhen auf dem aseptischen Fußboden, und im Lächeln des Arztes werde ich das stumme Grauen erkennen. Und nach einer Weile werden sie das Sauerstoffzelt über mich stellen und die Vorhänge um das kleine weiße Bett zuziehen, und ich werde, ohne daß ich es überhaupt merke, die einzige Sache in der Welt tun, die kein Mensch zweimal tun muß.«

[. . .]

»Ich habe natürlich kein Recht anzunehmen, daß ich in den Himmel komme. Es hört sich in der Tat ja auch ziemlich blöd an. Wie soll ich mir andererseits aber eine Hölle vorstellen können, in der ein

Baby, das starb, bevor es getauft wurde, auf derselben niedrigen Stufe steht wie ein gekaufter Killer oder ein KZ-Kommandant oder ein Angehöriger des Politbüros? Wie seltsam ist es doch, daß die edelsten Bestrebungen des Menschen – und viel mehr als ein kleines schmutziges Tier ist er ja nicht –, ebenso seine edelsten Taten, sein großer und selbstloser Heldenmut, sein unablässiger täglicher Kampf gegen die Unbill der Welt – wie seltsam ist es, sage ich, daß diese Dinge so viel edler sind als sein Los auf dieser Erde. Erzählen Sie mir nicht, daß Ehre lediglich eine chemische Reaktion ist und daß ein Mensch, der sein Leben bewußt für einen anderen hingab, lediglich einem Verhaltensmuster folgt. Ist Gott glücklich mit der vergifteten Katze, die einsam und in Krämpfen hinter der Plakatwand stirbt? Ist Gott glücklich, daß das Leben grausam ist und daß nur die Tüchtigsten überleben? Die Tüchtigsten wozu? O nein, weit gefehlt. Wäre Gott in irgendeinem wörtlichen Sinne allmächtig und allwissend, würde er sich gar nicht die Mühe gemacht haben, das Universum überhaupt zu erschaffen. Es gibt keinen Erfolg ohne die Möglichkeit des Mißlingens, keine Kunst ohne den Widerstand des Materials. Wenn alles schiefgeht, ist es dann Lästerung, den Gedanken zu äußern, daß Gott seinen schlechten Tag hat und daß die Tage Gottes sehr, sehr lang sind?«

(Aus: Raymond Chandler, Playback. Zürich 1976)

Herakles 2 oder die Hydra

Lange glaubte er noch den Wald zu durchschreiten, in dem betäubend warmen Wind, der von allen Seiten zu wehen schien und die Bäume wie Schlangen bewegte, in der immer gleichen Dämmerung der kaum sichtbaren Blutspur auf dem gleichmäßig schwankenden Boden nach, allein in die Schlacht mit dem Tier. In den ersten Tagen und Nächten, oder waren es nur Stunden, wie konnte er die Zeit messen ohne Himmel, fragte er sich noch manchmal, was unter dem Boden sein mochte, der unter seinen Schritten Wellen schlug so daß er zu atmen schien, wie dünn die Haut über dem unbekannten Unten und wie lange sie ihn heraushalten würde aus den Eingeweiden der Welt. Wenn er vorsichtiger auftrat, schien es ihm, als ob der Boden, von dem er geglaubt hatte, daß er seinem Gewicht nachgäbe, seinem Fuß entgegenkam, ihn sogar, mit einer saugenden Bewegung, anzog. Auch hatte er das deutliche Gefühl, daß seine Füße schwerer wurden. Er zählte die Möglichkeiten. 1) Seine Füße wurden schwerer und der Boden saugte seine Füße an. 2) Er fühlte seine Füße schwerer werden, weil der Boden sie ansaugte. 3) Er hatte den Eindruck, daß der Boden seine Füße ansaugte, weil sie schwerer wurden. Die Fragen beschäftigten ihn eine Zeit (Jahre Stunden Minuten) lang. Er fand die Antwort in dem zunehmenden Schwindelgefühl, das der konzentrisch wehende Wind ihm verursachte: Seine Füße wurden nicht schwerer, der Boden saugte seine Füße nicht an. Das eine wie das andere war eine Sinnestäuschung, durch seinen fallenden Blutdruck bedingt. Das beruhigte ihn und er ging schneller. Oder glaubte er nur schneller zu gehn. Als der Wind zunahm, wurde er häufiger an Gesicht Hals Händen von Bäumen und Ästen gestreift. Die Berührung war zunächst eher angenehm, ein Streicheln oder als prüften sie, wenn auch oberflächlich und ohne besonderes Interesse, die Beschaffenheit seiner Haut. Dann schien der Wald dichter zu wachsen, die Art der Berührung änderte sich, aus dem Streicheln wurde ein Abmessen. Wie beim Schneider, dachte er, als die Äste seinen Kopf umspannten, dann den Hals, die Brust, die Taille usw., sogar an seinem Schritt schien der Wald interessiert zu sein, bis sie ihn von Kopf bis Fuß Maß genommen hatten. Das Automatische des Ablaufs irritierte ihn. Wer oder was lenkte die Bewegungen dieser Bäume, Äste oder was immer da an seiner Hutnummer Kragenweite Schuhgröße interessiert war. Konnte dieser Wald, der keinem der Wälder glich, die er gekannt, »durchschritten« hatte, überhaupt noch ein Wald genannt werden. Vielleicht war er selber schon zu lange unterwegs, eine Erdzeit zu lange, und Wälder überhaupt waren nur mehr was dieser Wald war. Vielleicht machte nur noch die Benennung einen Wald aus und alle andern Merkmale waren schon lange zufällig und auswechselbar geworden, auch das Tier, das zu schlachten er diese vorläufig noch Wald benannte Gegebenheit durchschritt, das zu tötende Monstrum, das die Zeit in ein Exkrement im Raum verwandelt hatte, war nur noch die Benennung von etwas nicht mehr Kenntlichem mit einem Namen aus einem alten Buch. Nur er, der Unbenannte, war sich selber gleichgeblieben auf seinem langen schweißtreibenden Gang in die Schlacht. Oder war auch, was auf seinen Beinen über den zunehmend schneller tanzenden Boden ging, schon ein andrer als er. Er dachte noch darüber nach, als der Wald ihn wieder in den Griff nahm. Die Gegebenheit studierte sein Skelett, Zahl, Stärke, Anordnung, Funktion der Knochen, die Verbindung der Gelenke. Die Operation war schmerzhaft. Er hatte Mühe, nicht zu schreien. Er warf sich nach vorn in einen schnellen Spurt aus der Umklammerung. Er wußte, nie war er schneller gelaufen. Er kam keinen Schritt weit, der Wald hielt das Tempo, er blieb in der Klammer, die sich jetzt um ihn zusammenzog und seine Eingeweide aufeinanderpreßte, seine Knochen aneinanderrieb, wie lange konnte er den Druck aushalten, und begriff, in der aufsteigenden Panik: der Wald war das Tier, lange schon war der Wald, den zu durchschreiten er geglaubt hatte, das Tier gewesen, das ihn trug im Tempo seiner Schritte, die Bodenwellen seine Atemzüge und der Wind sein Atem, die Spur, der er gefolgt war, sein eigenes Blut, von dem der Wald, der das Tier war, seit wann, wieviel Blut hat ein Mensch, seine Proben nahm; und daß er es immer gewußt hatte, nur nicht mit Namen. Etwas wie ein Blitz ohne Anfang und Ende beschrieb mit seinen Blutbahnen und Nervensträngen einen weißglühenden Stromkreis. Er hörte sich lachen, als der Schmerz die Kontrolle seiner Körperfunktionen übernahm. Es klang wie Erleichterung: kein Gedanke mehr, das war die Schlacht. Sich den Bewegungen des Feindes anpassen. Ihnen ausweichen. Ihnen zuvorkommen. Ihnen begegnen. Sich anpassen und nicht anpassen. Sich durch Nichtanpassen anpassen. Angreifend ausweichen. Ausweichend angreifen. Dem ersten Schlag Griff Stoß Stich zuvorkommen und dem zweiten ausweichen. Umgekehrt. Die Reihenfolge ändern und nicht ändern. Dem Angriff begegnen mit gleicher und (oder) andrer Bewegung. Geduld des Messers und Gewalt der Beile. Er hatte seine Hände nie gezählt. Er brauchte sie auch jetzt nicht zu zählen. Überall wo immer wenn er sie brauchte, verrichteten sie seine Arbeit, Fäuste bei Bedarf, die Finger einzeln verwendbar, die Nägel gesondert, die Kanten aus dem Ellbogen. Seine Füße hielten den im Aufstand gegen die Gravitation zunehmend schneller rotierenden Boden fest, die Personalunion von Feind und Schlachtfeld, den Schoß der ihn behalten wollte. Die alte Gleichung. Jeder Schoß, in den er irgendwie geraten war, wollte irgendwann sein Grab sein. Und das alte Lied. ACH BLEIB BEI MIR UND GEH NICHT FORT AN MEINEM HERZEN IST DER SCHÖNSTE ORT. Skandiert vom Knacken seiner Halswirbel im mütterlichen Würgegriff. TOD DEN MÜTTERN. Seine Zähne erinnerten sich an die Zeit vor dem Messer. Im Gewirr der Fangarme, die von rotierenden Messern und Beilen nicht, der rotierenden Messer und Beile, die von Fangarmen nicht, der Messer Beile Fangarme, die von explodierenden Minengürteln Bombenteppichen Leuchtreklamen Bakterienkulturen nicht, der Messer Beile Fangarme Minengürtel Bombenteppiche Leuchtreklamen Bakterienkulturen, die von seinen eigenen Händen Füßen Zähnen nicht zu unterscheiden waren in dem vorläufig Schlacht benannten Zeitraum aus Blut Gallert Fleisch, so daß für Schläge gegen die Eigensubstanz, die ihm gelegentlich unterliefen, der Schmerz beziehungsweise die plötzliche Steigerung der pausenlosen Schmerzen in das nicht mehr Wahrnehmbare sein einziges Barometer war, in dauernder Vernichtung immer neu auf seine kleinsten Bauteile zurückgeführt, sich immer neu zusammensetzend aus seinen Trümmern in dauerndem Wiederaufbau, manchmal setzte er sich falsch zusammen, linke Hand an rechten Arm, Hüftknochen an Oberarmknochen, in der Eile oder aus Zerstreutheit oder verwirrt von den Stimmen, die ihm ins Ohr sangen, Chöre von Stimmen BLEIB IM RAH-

MEN LASS DAMPF AB GIB AUF oder weil es ihm langweilig war, immer die gleiche Hand am gleichen Arm immerwachsende Fangarme Schrumpfköpfe Stehkragen zu kappen, die Stümpfe zum Stehen bringen, Säulen aus Blut; manchmal verzögerte er seinen Wiederaufbau, gierig wartend auf die gänzliche Vernichtung mit Hoffnung auf das Nichts, die unendliche Pause, oder aus Angst vor dem Sieg, der nur durch die gänzliche Vernichtung des Tieres erkämpft werden konnte, das sein Aufenthalt war, außer dem vielleicht das Nichts schon auf ihn wartete oder auf niemand; in dem weißen Schweigen, das den Beginn der Endrunde ankündigte, lernte er den immer andern Bauplan der Maschine lesen, die er war aufhörte zu sein anders wieder war mit jedem Blick Griff Schritt, und daß er ihn dachte änderte schrieb mit der Handschrift seiner Arbeiten und Tode. *(Heiner Müller)*

Verabschiedung des Lehrstücks

Lieber Steinweg,
ich habe mit wachsender Unlust versucht, aus dem Wortschlamm (der Schlamm ist mein Teil) unsrer Gespräche über das LEHRSTÜCK etwas für Dritte Brauchbares herauszuklauben. Der Versuch ist gescheitert, mir fällt zum LEHRSTÜCK nichts mehr ein. Eine Brechtadeptin sagte 1957 gegen KORREKTUR: Die Erzählungen sind nicht adressiert. Was nicht adressiert ist, kann man nicht inszenieren. Die kümmerliche Meinung über Kunst, das vorindustrielle Bild von Gesellschaft beiseite: ich kenne 1977 meinen Adressaten weniger als damals; Stücke werden, heute mehr als 1957, für das Theater geschrieben statt für ein Publikum. Ich werde nicht die Daumen drehn, bis eine (revolutionäre) Situation vorbeikommt. Aber Theorie ohne Basis ist nicht mein Metier, ich bin kein Philosoph, der zum Denken keinen Grund braucht, ein Archäologe bin ich auch nicht, und ich denke, daß wir uns vom LEHRSTÜCK bis zum nächsten Erdbeben verabschieden müssen. Die christliche Endzeit der MASSNAHME ist abgelaufen, die Geschichte hat den Prozeß auf die Straße vertagt, auch die gelernten Chöre singen nicht mehr, der Humanismus kommt nur noch als Terrorismus vor, der MolotowCocktail ist das letzte bürgerliche Bildungserlebnis. Was bleibt: einsame Texte, die auf Geschichte warten. Und das löchrige Gedächtnis, die brüchige Weisheit der Massen, vom Vergessen gleich bedroht. Auf einem Gelände, in dem die LEHRE so tief vergraben und das außerdem vermint ist, muß man gelegentlich den Kopf in den Sand (Schlamm Stein) stecken, um weiterzusehn. Die Maulwürfe oder der konstruktive Defaitismus.

4. 1. 1977 *Heiner Müller*

DIE HAMLETMASCHINE

1
FAMILIENALBUM

Ich war Hamlet. Ich stand an der Küste und redete mit der Brandung BLABLA, im Rücken die Ruinen von Europa. Die Glocken läuteten das Staatsbegräbnis ein, Mörder und Witwe ein Paar, im Stechschritt hinter dem Sarg des Hohen Kadavers die Räte, heulend in schlecht bezahlter Trauer WER IST DIE LEICH IM LEICHENWAGEN/UM WEN HÖRT MAN VIEL SCHREIN UND KLAGEN/DIE LEICH IST EINES GROSSEN/GEBERS VON ALMOSEN das Spalier der Bevölkerung, Werk seiner Staatskunst ER WAR EIN MANN NAHM ALLES NUR VON ALLEN. Ich stoppte den Leichenzug, stemmte den Sarg mit dem Schwert auf, dabei brach die Klinge, mit dem stumpfen Rest gelang es, und verteilte den toten Erzeuger FLEISCH UND FLEISCH GESELLT SICH GERN an die umstehenden Elendsgestalten. Die Trauer ging in Jubel über, der Jubel in Schmatzen, auf dem leeren Sarg besprang der Mörder die Witwe SOLL ICH DIR HINAUFHELFEN ONKEL MACH DIE BEINE AUF MAMA. Ich legte mich auf den Boden und hörte die Welt ihre Runden drehn im Gleichschritt der Verwesung.

I'M GOOD HAMLET GI'ME A CAUSE FOR GRIEF
AH THE WHOLE GLOBE FOR A REAL SORROW
RICHARD THE THIRD I THE PRINCEKILLING KING
OH MY PEOPLE WHAT HAVE I DONE UNTO THEE
WIE EINEN BUCKEL SCHLEPP ICH MEIN SCHWERES GEHIRN
ZWEITER CLOWN IM KOMMUNISTISCHEN FRÜHLING
SOMETHING IS ROTTEN IN THIS AGE OF HOPE

LETS DELVE IN EARTH AND BLOW HER AT THE MOON

Hier kommt das Gespenst das mich gemacht hat, das Beil noch im Schädel. Du kannst deinen Hut aufbehalten, ich weiß, daß du ein Loch zu viel hast. Ich wollte, meine Mutter hätte eines zu wenig gehabt, als du im Fleisch warst: ich wäre mir erspart geblieben. Man sollte die Weiber zunähn, eine Welt ohne Mütter. Wir könnten einander in Ruhe abschlachten, und mit einiger Zuversicht, wenn uns das Leben zu lang wird oder der Hals zu eng für unsre Schreie. Was willst du von mir. Hast du an einem Staatsbegräbnis nicht genug. Alter Schnorrer. Hast du kein Blut an den Schuhn. Was geht mich deine Leiche an. Sei froh, daß der Henkel heraussteht, vielleicht kommst du in den Himmel. Worauf wartest du. Die Hähne sind geschlachtet. Der Morgen findet nicht mehr statt.

SOLL ICH
WEILS BRAUCH IST EIN STÜCK EISEN STECKEN IN
DAS NÄCHSTE FLEISCH ODER INS ÜBERNÄCHSTE
MICH DRAN ZU HALTEN WEIL DIE WELT SICH DREHT
HERR BRICH MIR DAS GENICK IM STURZ VON EINER
BIERBANK

Auftritt Horatio. Mitwisser meiner Gedanken, die voll Blut sind, seit der Morgen verhängt ist mit dem leeren Himmel. DU KOMMST ZU SPÄT MEIN FREUND FÜR DEINE GAGE/KEIN PLATZ FÜR DICH IN MEINEM TRAUERSPIEL. Horatio, kennst du mich. Bist du mein Freund, Horatio. Wenn du mich kennst, wie kannst du mein Freund sein. Willst du den Polonius spielen, der bei seiner Tochter schlafen will, die reizende Ophelia, sie kommt auf ihr Stichwort, sieh wie sie den Hintern schwenkt, eine tragische Rolle. HoratioPolonius. Ich wußte, daß du ein Schauspieler bist. Ich bin es auch, ich spiele Hamlet. Dänemark ist ein Gefängnis, zwischen uns wächst eine Wand. Sieh was aus der Wand wächst. Exit Polonius. Meine Mutter die Braut. Ihre Brüste ein Rosenbeet, der Schoß die Schlangengrube. Hast du deinen Text verlernt, Mama. Ich souffliere WASCH DIR DEN MORD AUS DEM GESICHT MEIN PRINZ/UND MACH DEM NEUEN DÄNMARK SCHÖNE AUGEN. Ich werde dich wieder zur Jungfrau machen, Mutter, damit dein König eine blutige Hochzeit hat. DER MUTTERSCHOSS IST KEINE EINBAHNSTRASSE. Jetzt binde ich dir die Hände auf den Rücken, weil mich ekelt vor deiner Umarmung, mit deinem Brautschleier. Jetzt zerreiße ich das Brautkleid. Jetzt mußt du schreien. Jetzt beschmiere ich die Fetzen deines Brautkleids mit der Erde, die mein Vater geworden ist, mit den Fetzen dein Gesicht deinen Bauch deine Brüste. Jetzt nehme ich dich, meine Mutter, in seiner, meines Vaters, unsichtbaren Spur. Deinen Schrei ersticke ich mit meinen Lippen. Erkennst du die Frucht deines Leibes. Jetzt geh in deine Hochzeit, Hure, breit in der dänischen Sonne, die auf Lebendige und Tote scheint. Ich will die Leiche in den Abtritt stopfen, daß der Palast erstickt in königlicher Scheiße. Dann laß mich dein Herz essen, Ophelia, das meine Tränen weint.

2
DAS EUROPA DER FRAU

Enormous room. Ophelia. Ihr Herz ist eine Uhr.

OPHELIA [CHOR/HAMLET]

Ich bin Ophelia. Die der Fluß nicht behalten hat. Die Frau am Strick Die Frau mit den aufgeschnittenen Pulsadern Die Frau mit der Überdosis AUF DEN LIPPEN SCHNEE Die Frau mit dem Kopf im Gasherd. Gestern habe ich aufgehört mich zu töten. Ich bin allein mit meinen Brüsten meinen Schenkeln meinem Schoß. Ich zertrümmre die Werkzeuge meiner Gefangenschaft den Stuhl den Tisch das Bett. Ich zerstöre das Schlachtfeld das mein Heim war. Ich reiße die Türen auf, damit der

Wind herein kann und der Schrei der Welt. Ich zerschlage das Fenster. Mit meinen blutenden Händen zerreiße ich die Fotografien der Männer die ich geliebt habe und die mich gebraucht haben auf dem Bett auf dem Tisch auf dem Stuhl auf dem Boden. Ich lege Feuer an mein Gefängnis. Ich werfe meine Kleider in das Feuer. Ich grabe die Uhr aus meiner Brust die mein Herz war. Ich gehe auf die Straße, gekleidet in mein Blut.

3
SCHERZO

Universität der Toten. Gewisper und Gemurmel. Von ihren Grabsteinen (Kathedern) aus werfen die toten Philosophen ihre Bücher auf Hamlet. Galerie (Ballett) der toten Frauen. Die Frau am Strick Die Frau mit den aufgeschnittenen Pulsadern usw. Hamlet betrachtet sie mit der Haltung eines Museums (Theater)-Besuchers. Die toten Frauen reißen ihm die Kleider vom Leib. Aus einem aufrechtstehenden Sarg mit der Aufschrift HAMLET 1 treten Claudius und, als Hure gekleidet und geschminkt, Ophelia. Striptease von Ophelia.

OPHELIA
Willst du mein Herz essen, Hamlet. *Lacht.*

HAMLET *Hände vorm Gesicht:*
Ich will eine Frau sein.

Hamlet zieht Ophelias Kleider an, Ophelia schminkt ihm eine Hurenmaske, Claudius, jetzt Hamlets Vater, lacht ohne Laut, Ophelia wirft Hamlet eine Kußhand zu und tritt mit Claudius/Hamlet Vater zurück in den Sarg. Hamlet in Hurenpose. Ein Engel, das Gesicht im Nakken: Horatio. Tanzt mit Hamlet.

STIMME(N) *aus dem Sarg:*
Was du getötet hast sollst du auch lieben.

Der Tanz wird schneller und wilder. Gelächter aus dem Sarg. Auf einer Schaukel die Madonna mit dem Brustkrebs. Horatio spannt einen Regenschirm auf, umarmt Hamlet. Erstarren in der Umarmung unter dem Regenschirm. Der Brustkrebs strahlt wie eine Sonne.

4

PEST IN BUDA SCHLACHT UM GRÖNLAND

Raum 2, von Ophelia zerstört. Leere Rüstung, Beil im Helm.

HAMLET

Der Ofen blakt im friedlosen Oktober
A BAD COLD HE HAD OF IT JUST THE WORST TIME
JUST THE WORST TIME OF THE YEAR FOR A REVOLUTION
Durch die Vorstädte Zement in Blüte geht
Doktor Schiwago weint
Um seine Wölfe
IM WINTER MANCHMAL KAMEN SIE INS DORF
ZERFLEISCHTEN EINEN BAUERN
legt Maske und Kostüm ab.

HAMLETDARSTELLER

Ich bin nicht Hamlet. Ich spiele keine Rolle mehr. Meine Worte haben mir nichts mehr zu sagen. Meine Gedanken saugen den Bildern das Blut aus. Mein Drama findet nicht mehr statt. Hinter mir wird die Dekoration aufgebaut. Von Leuten, die mein Drama nicht interessiert, für Leute, die es nichts angeht. Mich interessiert es auch nicht mehr. Ich spiele nicht mehr mit. *Bühnenarbeiter stellen, vom Hamletdarsteller unbemerkt, einen Kühlschrank und drei Fernsehgeräte auf. Geräusch der Kühlanlage. Drei Programme ohne Ton.* Die Dekoration ist ein Denkmal. Es stellt in hundertfacher Vergrößerung einen Mann dar, der Geschichte gemacht hat. Die Versteinerung einer Hoffnung. Sein Name ist auswechselbar. Die Hoffnung hat sich nicht erfüllt. Das Denkmal liegt am Boden, geschleift drei Jahre nach dem Staatsbegräbnis des Gehaßten und Verehrten von seinen Nachfolgern in der Macht. Der Stein ist bewohnt. In den geräumigen Nasen- und Ohrlöchern, Haut- und Uniformfalten des zertrümmerten Standbilds haust die ärmere Bevölkerung der Metropole. Auf den Sturz des Denkmals folgt nach einer angemessenen Zeit der Aufstand. Mein

Drama, wenn es noch stattfinden würde, fände in der Zeit des Aufstands statt. Der Aufstand beginnt als Spaziergang. Gegen die Verkehrsordnung während der Arbeitszeit. Die Straße gehört den Fußgängern. Hier und da wird ein Auto umgeworfen. Angsttraum eines Messerwerfers: Langsame Fahrt durch eine Einbahnstraße auf einen unwiderruflichen Parkplatz zu, der von bewaffneten Fußgängern umstellt ist. Polizisten, wenn sie im Weg stehn, werden an den Straßenrand gespült. Wenn der Zug sich dem Regierungsviertel nähert, kommt er an einem Polizeikordon zum Stehen. Gruppen bilden sich, aus denen Redner aufsteigen. Auf dem Balkon eines Regierungsgebäudes erscheint ein Mann mit schlecht sitzendem Frack und beginnt ebenfalls zu reden. Wenn ihn der erste Stein trifft, zieht auch er sich hinter die Flügeltür aus Panzerglas zurück. Aus dem Ruf nach mehr Freiheit wird der Schrei nach dem Sturz der Regierung. Man beginnt die Polizisten zu entwaffnen, stürmt zwei drei Gebäude, ein Gefängnis eine Polizeistation ein Büro der Geheimpolizei, hängt ein Dutzend Handlanger der Macht an den Füßen auf, die Regierung setzt Truppen ein, Panzer. Mein Platz, wenn mein Drama noch stattfinden würde, wäre auf beiden Seiten der Front, zwischen den Fronten, darüber. Ich stehe im Schweißgeruch der Menge und werfe Steine auf Polizisten Soldaten Panzer Panzerglas. Ich blicke durch die Flügeltür aus Panzerglas auf die andrängende Menge und rieche meinen Angstschweiß. Ich schüttle, von Brechreiz gewürgt, meine Faust gegen mich, der hinter dem Panzerglas steht. Ich sehe, geschüttelt von Furcht und Verachtung, in der andrängenden Menge mich, Schaum vor meinem Mund, meine Faust gegen mich schütteln. Ich hänge mein uniformiertes Fleisch an den Füßen auf. Ich bin der Soldat im Panzerturm, mein Kopf ist leer unter dem Helm, der erstickte Schrei unter den Ketten. Ich bin die Schreibmaschine. Ich knüpfe die Schlinge, wenn die Rädelsführer aufgehängt werden, ziehe den Schemel weg, breche mein Genick. Ich bin mein Gefangener. Ich füt-

tere mit meinen Daten die Computer. Meine Rollen sind Speichel und Spucknapf Messer und Wunde Zahn und Gurgel Hals und Strick. Ich bin die Datenbank. Blutend in der Menge. Aufatmend hinter der Flügeltür. Wortschleim absondernd in meiner schalldichten Sprechblase über der Schlacht. Mein Drama hat nicht stattgefunden. Das Textbuch ist verlorengegangen. Die Schauspieler haben ihre Gesichter an den Nagel in der Garderobe gehängt. In seinem Kasten verfault der Souffleur. Die ausgestopften Pestleichen im Zuschauerraum bewegen keine Hand. Ich gehe nach Hause und schlage die Zeit tot, einig/Mit meinem ungeteilten Selbst.
Fernsehn Der tägliche Ekel Ekel
Am präparierten Geschwätz Am verordneten Frohsinn
Wie schreibt man GEMÜTLICHKEIT
Unsern Täglichen Mord gib uns heute
Denn Dein ist das Nichts Ekel
An den Lügen die geglaubt werden
Von den Lügnern und niemandem sonst Ekel
An den Lügen die geglaubt werden Ekel
An den Visagen der Macher gekerbt
Vom Kampf um die Posten Stimmen Bankkonten
Ekel Ein Sichelwagen der von Pointen blitzt
Geh ich durch Straßen Kaufhallen Gesichter
Mit den Narben der Konsumschlacht Armut
Ohne Würde Armut ohne die Würde
Des Messers des Schlagrings der Faust
Die erniedrigten Leiber der Frauen
Hoffnung der Generationen
In Blut Feigheit Dummheit erstickt
Gelächter aus toten Bäuchen
Heil COCA COLA
Ein Königreich
Für einen Mörder
ICH WAR MACBETH DER KÖNIG HATTE MIR SEIN DRITTES KEBSWEIB ANGEBOTEN ICH KANNTE JEDES MUTTERMAL AUF IHRER HÜFTE RASKOLNIKOW AM HERZEN UNTER DER

EINZIGEN JACKE DAS BEIL FÜR DEN/EINZIGEN/SCHÄDEL DER PFANDLEIHERIN
In der Einsamkeit der Flughäfen
Atme ich auf Ich bin
Ein Privilegierter Mein Ekel
Ist ein Privileg
Beschirmt mit Mauer
Stacheldraht Gefängnis
Fotografie des Autors.
Ich will nicht mehr essen trinken atmen eine Frau lieben einen Mann ein Kind ein Tier. Ich will nicht mehr sterben. Ich will nicht mehr töten.
Zerreißung der Fotografie des Autors.
Ich breche mein versiegeltes Fleisch auf. Ich will in meinen Adern wohnen, im Mark meiner Knochen, im Labyrinth meines Schädels. Ich ziehe mich zurück in meine Eingeweide. Ich nehme Platz in meiner Scheiße, meinem Blut. Irgendwo werden Leiber zerbrochen, damit ich wohnen kann in meiner Scheiße. Irgendwo werden Leiber geöffnet, damit ich allein sein kann mit meinem Blut. Meine Gedanken sind Wunden in meinem Gehirn. Mein Gehirn ist eine Narbe. Ich will eine Maschine sein. Arme zu greifen Beine zu gehn kein Schmerz kein Gedanke.
Bildschirme schwarz. Blut aus dem Kühlschrank. Drei nackte Frauen: Marx Lenin Mao. Sprechen gleichzeitig jeder in seiner Sprache den Text ES GILT ALLE VERHÄLTNISSE UMZUWERFEN, IN DENEN DER MENSCH ... Hamletdarsteller legt Kostüm und Maske an.
HAMLET DER DÄNE PRINZ UND WURMFRASS
STOLPERND
VON LOCH ZU LOCH AUFS LETZTE LOCH ZU
LUSTLOS
IM RÜCKEN DAS GESPENST DAS IHN
GEMACHT HAT
GRÜN WIE OPHELIAS FLEISCH IM
WOCHENBETT

UND KNAPP VORM DRITTEN HAHNENSCHREI ZERREISST
EIN NARR DAS SCHELLENKLEID DES PHILOSOPHEN
KRIECHT EIN BELEIBTER BLUTHUND IN DEN PANZER

Tritt in die Rüstung, spaltet mit dem Beil die Köpfe von Marx Lenin Mao. Schnee. Eiszeit.

5

WILDHARREND/IN DER FURCHTBAREN RÜSTUNG/JAHRTAUSENDE

Tiefsee. Ophelia im Rollstuhl. Fische Trümmer Leichen und Leichenteile treiben vorbei.

OPHELIA

während zwei Männer in Arztkitteln sie und den Rollstuhl von unten nach oben in Mullbinden schnüren.

Hier spricht Elektra. Im Herzen der Finsternis. Unter der Sonne der Folter. An die Metropolen der Welt. Im Namen der Opfer. Ich stoße allen Samen aus, den ich empfangen habe. Ich verwandle die Milch meiner Brüste in tödliches Gift. Ich nehme die Welt zurück, die ich geboren habe. Ich ersticke die Welt, die ich geboren habe, zwischen meinen Schenkeln. Ich begrabe sie in meiner Scham. Nieder mit dem Glück der Unterwerfung. Es lebe der Haß, die Verachtung, der Aufstand, der Tod. Wenn sie mit Fleischermessern durch eure Schlafzimmer geht, werdet ihr die Wahrheit wissen.

Männer ab. Ophelia bleibt auf der Bühne, reglos in der weißen Verpackung.

Heiner Müller, geboren 1929 in Eppendorf (Sachsen).

Der Abdruck der Stücke *Philoktet* und *Der Horatier* erfolgt mit Genehmigung des Henschelverlages Kunst und Gesellschaft, 104 Berlin, Oranienburger Straße 67/68, DDR.

Philoktet, geschrieben 1958/64. Zuerst veröffentlicht in: *Philoktet/Herakles*, Frankfurt/M. 1966. Uraufführung 1968, Residenztheater München. Aufführungsrechte für die Bundesrepublik: Suhrkamp Verlag, Frankfurt/M.

Ödipuskommentar, geschrieben 1966, gedacht als Prolog der Bearbeitung *Ödipus, Tyrann*, Uraufführung 1967 Deutsches Theater Berlin. Zuerst gedruckt im Programmheft.

Der Horatier, geschrieben 1968. Uraufführung 1972, Schiller-Theater Berlin. Erstdruck im Programmheft. Aufführungsrechte beim Verlag der Autoren, Frankfurt/M.

Mauser, geschrieben 1970. Uraufführung 1975, Austin/Texas, USA. Erstdruck New German Critique 8, Spring 1976. Aufführungsrechte: Verlag der Autoren, Frankfurt/M.

Hamletmaschine, geschrieben 1977. Erstdruck im Programmheft *Ödipus*, Münchner Kammerspiele 1977. Aufführungsrechte: Suhrkamp Verlag, Frankfurt/M.

Abbildungen auf den Seiten 86 und 87 von Ralph Gibson.

REGISTER
TEXTE 1-11

Die erste Ziffer steht für den Band: **1** = Geschichten aus der Produktion 1 (Rotbuch 108), **2** = Geschichten aus der Produktion 2 (Rotbuch 126), **3** = Die Umsiedlerin oder Das Leben auf dem Lande (Rotbuch 134), **4** = Theater-Arbeit (Rotbuch 142), **5** = Germania Tod in Berlin (Rotbuch 176), **6** = Mauser (Rotbuch 184), **7** = Herzstück (Rotbuch 270), **8** = Shakespeare Factory 1, **9** = Shakespeare Factory 2 (Rotbuch 291), **10** = Kopien 1 (Rotbuch 336), **11** = Kopien 2 (Rotbuch 337)

DIE HEINER-MÜLLER-AUSGABE

GESCHICHTEN AUS DER PRODUKTION 1
Stücke: Der Lohndrücker, Die Korrektur (2 Fassungen), Der Bau, Herakles 5
Prosa: Bericht vom Großvater
Gedichte: Bericht vom Anfang, L. E. oder Das Loch im Strumpf
Lektionen: Zwei Briefe, Brecht, Film, Majakowski, Oder Büchner. – Diskussionen über Die Korrektur, Der Bau
Rotbuch 108. 160 Seiten, mit Abbildungen. DM 16,–

GESCHICHTEN AUS DER PRODUKTION 2
Stücke: Traktor, Prometheus, Zement
Prosa: Liebesgeschichte
Gedicht: Bilder. – Bemerkungen zu Prometheus, Zement
Rotbuch 126. 136 Seiten. DM 16,–

DIE UMSIEDLERIN
ODER DAS LEBEN AUF DEM LANDE
Stücke: Die Schlacht Medeaspiel, Die Bauern (Die Umsiedlerin oder Das Leben auf dem Lande)
Lektionen: Fleischer und Frau, Horaz Satiren, Geschichten von Homer, Horaz, Ulyss, Lektion, Selbstbildnis zwei Uhr nachts am 20. August 1959, Projektion 1957
Rotbuch 134. 120 Seiten, mit Abbildungen. DM 14,–

THEATER-ARBEIT
Stücke: Glücksgott, Drachenoper, Horizonte, Weiberkomödie
Texte zum Theater: Sechs Punkte zur Oper, Stellasonett, Elektratext, Froschkönig, Ein Diskussionsbeitrag, Über den Dramatiker Stefan Schütz, Ein Brief
Rotbuch 142. 128 Seiten, mit Abbildungen. DM 16,–

GERMANIA TOD IN BERLIN
Stücke: Die Reise (nach Motekiyo), Germania Tod in Berlin
Gedichte und Prosa: ABC, Und zwischen ABC und Einmaleins, Das eiserne Kreuz. Die Bauern standen mit dem Rücken, Hundert Schritt, Schotterbek, Philoktet 1950, Der Vater, Allein mit diesen Leibern, E. L., Gestern an einem sonnigen Nachmittag, Todesanzeige.
Ausreisen
Rotbuch 176. 96 Seiten, mit Abbildungen. DM 12,–

MAUSER
Stücke: Philoktet, Ödipus-Kommentar, Der Horatier, Hamletmaschine. Mit Materialien
Rotbuch 184. 104 Seiten, mit Abbildungen. DM 12,–

HERZSTÜCK
Stücke: Herzstück, Leben Gundlings Friedrich von Preußen Lessings Schlaf Traum Schrei, Der Auftrag, Quartett, Verkommenes Ufer Medeamaterial Landschaft mit Argonauten.
Materialien: zu Gundling und Quartett, Brief an den Regisseur der bulgarischen Erstaufführung von Philoktet.
Rotbuch 270. 136 Seiten, mit Abbildungen. DM 14,–

SHAKESPEARE FACTORY 1
Stücke: Bildbeschreibung, Wie es Euch gefällt, Macbeth, Waldstück, Wolokolamsker Chaussee I
Rotbuch 290. 256 Seiten. DM 25,–

SHAKESPEARE FACTORY 2
Stücke: Hamlet, Anatomie Titus Fall of Rome, Wolokolamsker Chaussee II-V
Materialien: Shakespeare eine Differenz, Die Wunde Woyzeck, Ein Leben ohne Maske und ein Feuer im Garten
Rotbuch 291. 272 Seiten. DM 25,–

KOPIEN 1
Stücke: Molière, Don Juan oder der steinerne Gast; Molière, Der Arzt wider Willen; Lu Hsün, Der Misanthrop
Rotbuch 336. 144 Seiten, mit Abbildungen. DM 18,–

KOPIEN 2
Stücke: Tschechow, Die Möwe; Suchowo-Kobylin, Tarelkins Tod; Majakowski, Wladimir Majakowski Tragödie
Rotbuch 337. 160 Seiten. DM 18,–